智慧公主马小岚纯美爱藏本13

马翠萝 著

化学工业出版社
·北京·

图书在版编目(CIP)数据

捍卫国土的公主/马翠萝著.—北京：化学工业出版社，2016.5（2023.4重印）
（智慧公主马小岚纯美爱藏本13）
ISBN 978-7-122-26583-8

Ⅰ.①捍… Ⅱ.①马… Ⅲ.①儿童文学-中篇小说-中国-当代 Ⅳ.①I287.5

中国版本图书馆CIP数据核字(2016)第057412号

原版书名：公主传奇 捍卫国土的公主 原版作者：马翠萝
ISBN 978-962-08-6176-5
本书为新雅文化事业有限公司授权化学工业出版社在中国内地出版中文简体字版本，仅限于在中国内地（不包括香港、澳门及台湾）发行销售。
未经许可，不得以任何方式复制或抄袭本书的任何部分，违者必究。
© 2014 Sun Ya Publications (HK) Ltd.

北京市版权局著作权合同登记号：01-2015-4807

责任编辑：张素芳　　　　　　　　　　责任校对：陈　静

出版发行：化学工业出版社（北京市东城区青年湖南街13号　邮政编码100011）
印　　装：大厂聚鑫印刷有限责任公司
880mm×1230mm 1/32　印张 6　2023年4月北京第1版第11次印刷

购书咨询：010-64518888　　　　　　　售后服务：010-64518899
网　　址：http://www.cip.com.cn
凡购买本书，如有缺损质量问题，本社销售中心负责调换。

定　　价：16.80元　　　　　　　　　　　版权所有　　违者必究

目 录

第1章　明天去旅行　　　　　　　　5

第2章　是可忍，孰不可忍　　　　　14

第3章　苏苏带来的小松鼠　　　　　21

第4章　在展览馆磕头的老爷爷　　　34

第5章　正义四人组　　　　　　　　42

第6章　马路惊魂　　　　　　　　　52

第7章　珍贵的线索　　　　　　　　63

第8章　暴风雨要来了　　　　　　　70

第9章　风雨中的一艘船　　　　　　75

第10章　遇到黑国巡逻舰　　　　　　83

第11章	土豆砸向大坏蛋	90
第12章	"进口"公司总裁	101
第13章	小白耳骗走的黑森兵	111
第14章	卖国贼	119
第15章	大笨兵掉进陷阱里	129
第16章	谁老实谁有饭吃	138
第17章	铁证如山	149
第18章	杀人灭口	160
第19章	公主领导我们打敌人	169
第20章	以公主的名义	180

第1章
明天去旅行

"嘭、嘭、嘭、嘭……"

声音是从皇宫中的嫣明苑某个房间传出来的。

嫣明苑搞装修？

让我们到发出声音的地方去瞧瞧吧！啊，原来是晓星的房间，那家伙正在做一个高难度动作——一边拿着手机打电话，一边在床上蹦跳，跳一下弹簧床垫就发出"嘭"的一下响声。

"喂，小强，我是晓星。"

"晓星，你在干吗？怎么听到怪怪的声响？"

"我在做运动呢！小强，我们考完试了，明天学校开

捍卫国土的公主

始放假，我们准备去丹麦旅行呢，万卡哥哥也去。万卡哥哥很忙很忙，所以很难有时间跟我们一块去旅行，这次是破天荒第一回呢！"

"哇，晓星你真厉害，能跟万卡国王一块去旅行。我连一个国王真人都没见过呢！"

"见国王也没什么啦！"晓星心里得意，不禁吹起了牛皮，"我可是全世界所有的国王都见过了……"

"晓星！"突然而来的一声尖叫，吓得晓星一下子站不稳，跌坐在床上，手机也脱手而出，掉到地上。

"姐姐，你干吗呀，不知道'人吓人，吓死人'这句话吗！"晓星捡起落在床上的手机，埋怨那个突然冲进来的女孩。

晓晴双手叉腰，凶巴巴地说："那你又知不知道，'噪音可以杀人'这句话！你这样跳啊跳啊，把我的小心脏都快震碎了。"

晓星一脸无辜，说："姐姐，你那小心脏可真脆弱啊，在隔壁都受不了！我处在噪音中间，但一点事也没有。"

晓晴道："坏小子，你还嘴硬，看我鹰爪功伺候！"

晓星见晓晴张牙舞爪扑过来，吓得赶紧跳下床，吱溜

一下从晓晴身旁溜出了房间。

"小岚姐姐,救命!"他气喘吁吁地跑到小岚那里,看见万卡哥哥也在,便一下扑到他怀里,"万卡哥哥,有人欺负我!"

那个温润秀气的年轻国王摸摸晓星的脑袋,说:"呵呵,谁敢欺负我们古灵精怪的晓星啊?"

小岚瞪了晓星一眼:"谁敢欺负他!我想,八成是他闯祸在先。"

晓星嘟着嘴说:"包大人,冤枉啊……"

话没说完,晓晴就跑进来了,她上气不接下气的,一手指着晓星:"你这、这……"

万卡笑着说:"好啦好啦,真是小孩子。别闹了,明天一早就要出发,你们早点睡吧!"

晓星朝晓晴眨了眨眼:"喂,听到没有,小孩子别闹了。"

晓晴朝他扬扬拳头:"这记拳头我先给你存着!"

不过,毕竟他们是最听万卡哥哥的话的,所以都不再闹了。

大家正在商量明天几点起来,突然听到有人在门外喊了一声:"小岚公主。"

捍卫国土的公主

小岚听到忙应了一声:"谁呀?"

"我是玛娅。晓星少爷在吗?笨笨找他呢!"

"笨笨!笨笨!我想死你了!"晓星一听忙向门口跑去。这星期要考试,他已经有好几天没见到笨笨了。

没跑几步,一只粉红色的、圆溜溜的小粉猪便窜了进来,停在屋里一帮人中间。那双黑亮亮的小眼睛搜索了一番,便锁定了它的小主人。迈着两条小粗腿奔到晓星跟前,仰起头叫了起来:"喵——喵——"

小伙伴们都惊呆了!

笨笨不是一只猪吗?为什么会——"喵——喵——"?

"我见这几天晓星少爷考试,没空跟笨笨玩,就让它跟小花猫一块玩。没想到,两天之后,它就……"玛娅忍不住扑哧一声笑了。

"哈哈哈哈……"屋里所有人全都笑得东歪西倒,晓晴笑得捂着肚子"哎哟哎哟"地叫疼。

晓星得意地说:"我早就说笨笨应该叫聪聪嘛!事实证明,它简直是个天才,竟然会说两种语言!"

笨笨本来被大家笑得有点莫名其妙,听到晓星称赞,不由骄傲地把小尾巴摇得"霍霍"作响。

晓星抱起笨笨，对万卡说："万卡哥哥，我们把笨笨带上，一块儿去旅行好不好？"

晓晴马上表示反对："不行。我不想发微博时，让人说'晓晴和猪在一起'。"

"我也反对，出入境时多麻烦啊。"小岚说完，又哄晓星，"你干脆在这段时期让他多交点朋友，反正这宫里狗呀、马呀、鸡呀、小白兔呀都有，到我们回来时，说不定你这天才小猪已经会说很多种语言了。"

晓星眼睛骨碌碌地转着："咦，小岚姐姐说得也有道理。好吧，我就给笨笨创造机会，让它成为二十一世纪超级小粉猪！"

笨笨抬头看着小主人，又喵喵地叫了两声，看样子它对成为超级小粉猪十分向往。

万卡笑着对晓星晓晴说："好啦，你们快回去收拾行李吧！早点睡觉，明天早上七点准时起床，别赖床啊！"

"是，万卡哥哥！"晓星搞笑地给万卡敬了个礼，抱着小粉猪回房去了。

晓晴跟万卡和小岚说了晚安，也走了。

屋里又只有万卡和小岚两个人。万卡拉着小岚的手，让她在自己身边坐下。也许是应付考试吧，他觉得小岚好像比以前瘦了点,不禁心痛地说:"考试很辛苦吧?看你,下巴更尖了。"

"这样不更好吗?人家都说女孩锥子脸好看呢!"小岚笑嘻嘻地看着万卡,说,"不过,说辛苦,也没你辛苦呀,管理一个国家,才真不容易呢!万卡哥哥,你简直比超级小粉猪还要超级哦!"

"啊,你把一个国王跟一只小粉猪相比!该罚!"万卡伸手弹了小岚一个脑奔儿。

"嗷,好痛!"小岚摸着脑袋大喊。

吓得万卡忙不迭去揉小岚的头:"啊啊,对不起对不起。我只是用了小小力气呀,真的很痛吗?"

小岚立刻笑得东歪西倒:"哈哈,国王陛下,你真好骗!"

"你这个小狡猾!"万卡举手又想弹小岚一个脑奔儿,但举了一半又停住了,改为捏了她鼻子一下。

要知道国王陛下还真的怕敲痛了公主殿下呢!公主殿下脑袋哪怕只有一点点痛,他都会大大地心痛哦!

"铃——"突然万卡的手机响了,小岚赶紧收住笑声,玩归玩,不能影响了万卡哥哥处理国家大事。

"你快接电话,我去检查一下玛娅替我收拾的行李

箱，免得她又给我塞很多替换衣服。"小岚走了出去。

尽管小岚已经盼咐不要带太多衣服，但玛娅仍然给她收拾了三个旅行箱，小岚叹了口气，只好自己动手把部分衣服和化妆品从旅行箱拿了出来。对于一直像姐姐般照顾自己的嫣明苑管家玛娅，小岚打从心里喜欢，但有时还是不得不逆她的意。看，不就去几天嘛，鞋子就给放了三双，仅仅外衣就放了六套，还有大包小包化妆品、大盒小盒首饰、大袋小袋零食……妈呀，小岚看得眼花缭乱，快要晕倒了。

正要找玛娅来精简旅行箱时，万卡来了。小岚诧异地看到，万卡总是微笑的脸上此刻满是愤怒。

小岚从来没有见过万卡如此表情，惊讶地问道："出了什么事？"

万卡气愤地说："有六名民间'保千'人士，要登上千沙岛宣示主权，被黑森国巡逻舰上的军人逮捕了。"

"什么？！"小岚跳了起来。

这黑森国太嚣张太野蛮了，千沙岛从来就是乌沙努尔国土，乌沙努尔人想登上自己国土，竟被别国逮捕，真是太岂有此理了！这可是对乌沙努尔的严重挑衅。

万卡对小岚说："这次是民间'保千'人士自发组

织的一次行动,政府事先也不知道,所以我要马上回去处理。"

小岚说:"好,你赶快回去吧!"

万卡在小岚额头上亲了一下,转身走了。

走了几步,他又回过头来:"小岚,真对不起。明天的旅行恐怕要改期了。"

小岚点点头,说:"我知道。国事要紧,六名'保千'人士的安全要紧。"

"谢谢你。"万卡温柔地笑了笑,转身匆匆走了。

第2章
是可忍，孰不可忍

小岚打电话把晓星和晓晴叫来，告诉他们因为黑森国的无耻行为，明天的旅行要暂时搁置。

这两姐弟肺都要气炸了，为了他们盼望已久的旅行被破坏，更为了黑森国竟敢无理拘捕乌沙努尔人。

晓星用拳头狠狠地在桌上捶了几下，说："黑森国竟然敢抓我们的人，真是太可恶了！"

"黑森国政府真是贼心不死，老是兴风作浪，唯恐天下不乱！"晓晴噘起嘴，一脸不开心。她又问小岚："常听说千沙岛主权问题，这其中有什么历史原因？"

晓星也说："小岚姐姐，我也想听。"

是可忍，孰不可忍

小岚自从来到乌沙努尔之后，早已把这里当成了自己的第二祖国，所以她抽空把乌沙努尔的历史熟读了一遍。有关千沙岛问题，她的确很清楚。

千沙岛是位于乌沙努尔公国西海千沙列岛的主岛，隶属海边城市多善，面积约五平方公里，周围海域面积约为二十万平方公里，被乌沙努尔人称为"深海中的蓝宝石"。

千沙岛自古以来就是乌沙努尔领土。在一百年前，乌沙努尔弱小，黑森国强大，所以黑森国统治者经常派军队侵犯乌沙努尔。在一次惨烈的战斗后，乌沙努尔战败了，黑森国强占了乌沙努尔的多善市及其附属岛屿，其中也包括了千沙岛。

六十多年前，黑森国贪得无厌，想霸占乌沙努尔更多领土，于是又再发动战争，给乌沙努尔带来又一次深重灾难。乌沙努尔人民奋起反抗，经过苦难的六年抗战，终于打败了黑森国，并以战胜国的身份，强令黑森国归还当年强占的多善市及其附属岛屿千沙岛。

黑森国政府作为战败国龟缩回老家，偃旗息鼓了半个世纪。但他们贼心不死，近年来又蠢蠢欲动，把黑手伸到千沙群岛。去年新首相森泰郎上台之后，就更加变本加

捍卫国土的公主

厉。他们一方面派出军舰在千沙岛及附近海域出没，企图向世界昭示拥有实际掌控权；另一方面在国际上散播舆论，说什么千沙岛在四百年前就有黑森人生活居住，比乌国人还早，所以应该属于黑森国。有些右翼分子还登上千沙群岛，说是去自己国土观光旅游。

对于黑森国政府及其指使下的右翼分子所为，乌沙努尔政府曾作出严正声明，重申千沙岛属于乌国，谴责黑森国右翼分子擅闯乌国领土。而在民间也有爱国人士组织"保卫千沙岛大联盟"，以散发宣传册子与和平游行等行动，显示保卫祖国领土的决心。

没想到，黑森国政府不但没有收敛，反而把登岛宣示主权的乌沙努尔"保千"人士非法逮捕。

"原来是这样！"晓星气呼呼地说，"这黑森国政府真是坏透了！"

晓晴说："这些人真不知好歹，把别人的善良和忍让当作软弱无能，现在还猖狂到抓了我们的人！"

晓星又问："小岚姐姐，千沙岛只是一个五平方公里的无人小岛，黑森国干吗要那样不择手段，想将它据为己有？"

小岚说："因为千沙岛附近海域有着丰富的海洋资

源,所属国有权开采。而黑森国是一个自然资源十分贫乏的国家,所以黑森国政府千方百计想把千沙岛纳入自己国家的版图。"

"原来是这样。"晓星点点头,"这黑森国政府,真是名副其实的'黑心政府',为了自己的利益坏事做尽!'保千'人士真勇敢,如果有机会,我也去登岛,把乌沙努尔国旗插在千沙岛上,气死黑心政府!"

晓晴担心地说:"不知那些被抓的'保千'人士现在怎样了?"

小岚看了看墙上挂钟:"哦,到晚间新闻时间了,快开电视,看电视台有没有播放有关消息。"

晓星急忙拿起遥控器打开电视,调到新闻台。画面上正在播放广告,几分钟后,便响了晚间新闻的音乐,音乐一停,画面里出现了一张新闻男主播严肃的脸。

小岚三人都目不转睛地盯着屏幕,只听到男主播说:"观众们,晚上好!今天主要新闻有:黑森国政府无理逮捕'保千'人士,我国政府提出严重抗议……"

晓星说:"噢,新闻有,新闻有……"

晓晴瞪他一眼,说:"别吵。"

男主播继续说:"……因不满黑森国政府在千沙岛问

捍卫国土的公主

题上的颠倒黑白、混淆是非，以及对黑森国右翼人士擅闯我国领土千沙岛的无比愤怒，六名民间'保千'人士乘坐'泰山一号'渔船前往千沙岛宣示乌沙努尔主权。在进入千沙岛附近海域时，'泰山一号'遭到多艘黑森国巡逻舰的围捕撞击，船头被撞毁，方向盘也被撞坏。之后，巡逻舰上的士兵冲上'泰山一号'，强行逮捕六名'保千'人士。乌国外交大臣宾罗于半小时前紧急召见黑森国驻我国大使赖皮苟，就黑森国非法逮捕乌国公民一事提出严正交涉。宾罗大臣重申乌国对千沙岛及其附属岛屿拥有主权的立场，要求黑森国确保六位乌国公民的安全并立即无条件放人……我国外交部发言人将于明天上午九时召开记者招待会，表明我国立场及回答各国传媒问题……"

屋里三个人义愤填膺，忍不住握着拳头，高呼："放人！放人！"

男主播在继续说："下面是随'泰山一号'出发的全真电视台记者莫大明发回来的有关视频。"

画面出现了茫茫大海上的一艘渔船，正向千沙岛方向驶去，一名年轻男子站在船头，一手拿麦克风，一手指着只有几百米距离的小岛，正在大声说话："……我们的船已经离小岛不远了，胜利在望，我们有决心登上千沙岛，

是可忍，孰不可忍

把乌沙努尔的国旗插到岛上……"莫大明话没说完，突然画面一片模糊，好像是被什么遮住了，听到莫大明喊了一声："啊！"

怎么回事？小岚和晓晴姐弟互相交换了一下惊讶的目光。

晓星说："好像是水，难道摄像机掉进水里去了。"

晓星话音刚落，又见到画面了。但画面是倾斜的，晃动得很厉害，好像是持摄像机的人摔倒了。

听到画面上有人在喊："该死的黑森鬼，竟然向我们射水！"

晓星跺了跺脚："原来是黑森国船舰向我们的渔船射水，真坏！"

这时画面又摆正了，尽忠职守的莫大明又手持麦克风喊道："啊，你们看，黑森国巡逻舰向我们撞过来了……"莫大明话没说完，就听到"砰"的一声巨响，接着画面一阵晃动，几个黑森士兵冲上船，一个士兵拿出手铐，铐住了莫大明的双手……

晓晴和晓星见到这场面，愤怒至极，竟然哭了起来。

晓星边哭边说："太欺负人了！明明千沙岛是我们的嘛，怎能说是他们的呢！还抓我们的人，太欺负人了！太

欺负人了！"

又出现了男主播的脸，可以看得出他在努力地压抑着愤怒。

"从刚才的画面可以看出，我'保千'人士在自己国家的领海里受到了黑森国士兵的横蛮对待，是可忍，孰不可忍！我国在千沙岛问题上的立场是明确和坚定的。我们正在密切关注事态的发展，并要求黑森国政府不能有任何危及乌国公民生命财产安全的行为……"

小岚眼冒泪花，一双拳头握得紧紧的。黑森国政府，你们太过分了！

第3章
苏苏带来的小松鼠

第二天一大早,小岚就醒来了。她拿起遥控器,拉开了落地窗的窗帘,立刻洒进一地阳光。小岚呆呆地看着外面的绿树繁花,蝶飞蜂舞,那是一片欣欣向荣的景象。

多美的世界啊!本来人类可以和睦共处,共享地球上这美好的分分秒秒。可恨的野心家,为着他们掠夺、扩张的目的,不惜挑起争端,侵犯别国利益,破坏世界和平……

正想着,有人敲门。小岚说:"进来!"

玛娅进来了,她脸上带着微笑,朝小岚鞠了一躬:"公主殿下,早上好!"

捍卫国土的公主

小岚朝玛娅笑笑："早上好！"说完就起了床。

玛娅说："刚才国王秘书来电话，说国王十分钟后过来，跟您一块吃早餐。"

"好。"小岚很高兴，她想从万卡那里知道更多有关"保千"人士的消息。

梳洗后，小岚往餐厅走去，在餐厅门口见到万卡。万卡显得有些疲惫，见到小岚，他凝重的脸上露出了温暖的笑容："小岚，早！"

小岚说："万卡哥哥早！"

两人手拉手走进餐厅。餐厅面积不大，但装潢典雅，四周还放了一些绿色植物。万卡照顾小岚坐下，然后自己也坐下来。

"万卡哥哥，你昨晚又没休息好？"小岚看着万卡疲倦的脸容。

万卡点了点头，说："跟大臣开了几小时的会，之后每半小时听取有关'保千'人士的消息，到临天亮时睡了两小时。"

小岚心里全是气，要不是黑森国政府搞阴谋，他们现在已经开开心心地坐在飞往丹麦的飞机上了，万卡哥哥也可以放下所有公务，好好地休息几天了。她不禁气呼呼地

说:"可恨的黑森国政府!"

"跳梁小丑而已,跳得越高,跌得越惨。"万卡停了停,又说,"只是担心我们的同胞受苦。"

小岚说:"希望他们尽快平安归来。"

万卡说:"今天看看黑森国政府如何回应。如果他们再玩花样,我们会作进一步行动。"

小岚攥攥拳头,说:"万卡哥哥,加油!胜利属于我们!"

万卡也握紧拳头:"胜利属于我们!"

四名侍女手捧着托盘进来,悄然无声地把点心和饮品一样样放在桌上,然后朝国王、公主欠欠身,又悄然无声地退出去了。

两人看着眼前的美食佳肴,不知怎的,都一点食欲也没有。两人都在担心那些"保千"人士。

小岚想,万卡哥哥身上千斤重担,不吃好怎能担得起,便夹起一个翡翠白玉饺子,放到万卡的碟子里:"万卡哥哥,你平时不是最喜欢吃翡翠白玉饺子吗?你快吃呀!"

万卡宠爱地看着小岚,说:"谢谢小岚。"

他接着又说:"小岚,对不起!"

捍卫国土的公主

小岚睁大眼睛:"啊,对不起什么?"

万卡一脸歉意说:"很久没陪你出去玩了,这次好不容易腾出三天时间去一趟丹麦,没想到又要取消。"

小岚笑着说:"没事。不过,等千沙岛事件解决以后,你得双倍偿还,陪我去六天旅行!"

"贪心鬼!"万卡伸手在小岚头上揉了揉,脸上露出了宠溺的笑容,"不过,我答应你。"

"啊,真的?"小岚喜出望外。

"嗯!"万卡郑重地点了点头。

小岚赶紧夹了好多个饺子到万卡碟子里:"多吃点,多吃点!"

万卡说:"啊,干吗夹这么多给我?"

小岚说:"这是正能量饺子,你吃多点,好有力气跟黑森国政府较量,早日战胜那些野心狼!"

万卡又用手拍拍小岚的脑袋:"要说正能量的话,你才是我的正能量女孩呢!有了你的正能量,我有信心粉碎黑森国政府的任何阴谋。"

这时,万卡手机里的微信讯号"叮咚"地响了一下。万卡拿出手机查看:"是宾罗大臣发来的。据可靠消息,黑森国政府内阁今天一早召开紧急会议,讨论千沙岛事件

问题。"

小岚说:"多行不义必自毙!希望他们放聪明点,早点放人。"

万卡用餐巾擦擦嘴巴,说:"小岚,对不起,我得回办公室了,很多事要处理。"

小岚说:"好,你快回去吧!"

万卡刚走,就见到晓晴和晓星走了进来。晓星咋咋呼呼地说:"小岚姐姐,听说你今天和万卡哥哥一起吃早餐聊天。咦,万卡哥哥呢?"

小岚说:"他刚离开。哎,告诉你们,黑森国政府内阁今天一早召开紧急会议,讨论千沙岛事件问题。不知道他们会不会释放'保千'人士。"

"哦!我想他们一定不敢不放。要是不放,哼,让万卡哥哥给他们点厉害看看。"晓星有点兴奋,"咦,如果他们开完会决定放人,那岂不是我们的旅行计划也有望进行了!我们是不是该回去收拾好行李,时刻准备出发。"

晓晴表示赞同:"对对对。昨天听说旅行不能去,我就把已经收拾好的东西又拿出来了。"

小岚说:"不用那么急。等他们开完会,知道结果再说。"

晓晴不情愿地说:"哦,那好吧!"

过了一会儿,晓星说:"哦,我要回去训练笨笨了。"

晓晴也说:"噢,我要回去做作业。"

说完,也不等小岚说话,两人就忙不迭地溜了。

小岚看着他们的背影,嘀咕着:"哼,找那么多借口!分明是回去收拾行李嘛!"

小岚这时也没胃口再吃什么了,她把剩下的半杯果汁喝完,就回房间去。在走廊碰到玛娅,玛娅说:"小岚公主,有客人找您,我让她在会客室等着。"

小岚点点头,径直朝会客室去了。会客室门口站着个小宫女,见到小岚,便朝她鞠了一个躬:"公主殿下!"

小宫女又推开会客室的门,说:"公主,请!"

会客室里坐着一个小女孩,正低着头在看书,听到有人进来,她抬起头。那是一张肤色稍深的脸,稚气中带着清秀。

"苏苏!"小岚高兴地喊了起来。

"小岚姐姐!"女孩扔下书,朝小岚扑了过来。

两人拥抱着,开心极了。

大家一定记得,在《蓝月亮戒指》的故事里,那个南

非土著部落酋长的女儿、可爱善良的苏苏吧。

土著部落毁于地震之后，万卡国王和小岚决定伸出援手，帮助他们重建家园。万卡让有关部门在乌沙努尔境内物色了一个山清水秀、气候和环境都很适合土著人居住的地方，为他们建起了房屋、商店、医院等一切生活设施，让整个土著部落大迁徙。为了让孩子们学习到现代文明文化，还建了一所小学和一所中学，苏苏也进了那间小学读书呢！

因为皇宫离那里路途很远，而且苏苏也不想耽误了功课，所以小岚很长时间没见到她了。

"小苏苏，又长高了！"小岚高兴地揉揉苏苏的头发，又问，"酋长好吗？"

苏苏抬起头，天真地说："小岚姐姐，我爸爸现在不叫酋长了，叫区长。"

小岚这才想起，部落已成了乌沙努尔一个特别行政区，所以酋长也就改称为区长了。

"我爸爸让我替他向您问好呢！对了，他还让我给你带来一些好东西。"

苏苏拿出旅行箱，从里面拿出一个盒子，交给小岚。小岚打开盒子一看，马上喊了起来："啊，好大的玉米！

哇，这红薯也好大！"

苏苏骄傲地说："这是我们种的。我爸爸带着全区人开荒种地，得到大丰收呢！"

小岚朝苏苏竖起大拇指："你们真了不起！"

苏苏说："不过，功劳最大的是万卡国王。他不但给我们送来了各种农具、种子，买了汽车、拖拉机、播种机、化肥等等，还给我们派来了技术人员，教我们各种耕种的知识。小岚姐姐，谢谢您，谢谢万卡国王！呜——"

苏苏突然哭了起来。

小岚吓了一跳，赶紧放下盒子，拉着苏苏的手问："你怎么啦！别哭，别哭，傻孩子……"

苏苏擦擦眼睛，不好意思地说："我是因为感动才哭的。要不是小岚姐姐和万卡国王，我们在地震后一定很惨。家没有了，粮食没有了，不冻死饿死，也会死在地震后发生的瘟疫中。您和万卡国王挽救了我们，又给了我们新的家，我们全区人都感谢你们，都说一定要好好报答你们！"

小岚摸摸苏苏的小脑袋，说："傻孩子，既然把你们带到乌沙努尔，你们就是新乌沙努尔人了，照顾本国人民，是国家应尽的责任呀！如果想报答的话，你就好好读书，将来成为国家的栋梁，为建设更美丽的乌沙努尔贡献力量。知道

吗？"

"嗯！"苏苏使劲地点点头，"小岚姐姐，我一定记住您的话。我也会把您的话带回给同学们，让他们也记住，将来要做国家的栋梁，要为建设更美丽的乌沙努尔出力！"

"嗯，苏苏真乖！"小岚在苏苏脸上"吧"地亲了一口，又问，"苏苏，告诉姐姐，你在学校学到什么了？"

苏苏一听，马上叽叽喳喳地说了起来："我们的学校可好啦！有十层楼高，我们的课室在九楼，在窗口一伸手，就差不多可以摸到云彩呢！我们上楼不用走路，一坐上电梯，呼呼呼，一下子就上去了。还有，万卡国王派来的老师很厉害，他们什么都懂，教我们认字，教我们说现代语言。我们还学算数、学常识、学科学知识。啊，小岚姐姐，老师还教我们地理，原来我们住的地方叫地球，地球是圆的，好大好大……"

苏苏眼睛亮亮的，满是对新事物的渴求。小岚心里很欣慰，这小家伙，将来一定很有出息。

"哇，苏苏，你来了怎么不找我！"晓晴姐弟走了进来，晓星咋咋呼呼地嚷着。

苏苏见了，喊道："晓星哥哥！晓晴姐姐！"

晓星跑过去拉着苏苏的手，两个人高兴得跳呀跳的。在

南非时,苏苏是最早和晓星成为好朋友的。

苏苏突然想起了什么,她说:"我给你们带来了一件礼物……"

晓星一听便问:"什么礼物?"

苏苏从地上拿起一个蒙着白布的笼子,说:"你们猜猜是什么?"

晓星说:"哦,是小鸟!"

苏苏摇摇头。

晓晴说:"是小白兔?"

苏苏又摇摇头。

"哎呀,急死人了!"性急的晓星趁苏苏不留神,一手掀起了那块白布,啊,一只毛茸茸的小东西,正用双手捧着一个小玉米,用两只大板牙大口大口啃着。看见孩子们,它也不害怕,用黑色的、亮晶晶的小眼睛瞅着他们。

啊,是一只小松鼠!

"好可爱哦!"一片欢叫声。

小松鼠吓了一跳,它用眼睛滴溜溜地看了看这几个孩子,知道他们不会伤害它,便又一心一意地啃玉米,那个馋样子,真是可爱极了!

小岚和晓晴晓星目不转睛地看着小松鼠。小岚问:"这

么可爱的小东西,从哪里弄来的?"

苏苏说:"我妈妈在院子里晒玉米,这小松鼠老是来偷吃。我看着它可爱,就每天都在院子里放一个玉米给牠。它跟我熟了,干脆不走了,叼了一些树枝树叶,在我家院子里的树上做了一个窝,每天一看见我就从树上溜下来,就跟我玩。"

晓星伸手摸着小松鼠身上的毛,问:"它有名字吗?"

苏苏说:"没有呢,你们给它起一个。"

晓星抢着说:"好啊,就叫它做鼠鼠。"

晓晴瞪了弟弟一眼:"哎呀,难听死了。叫松松好了!"

小岚说:"松鼠走路时一跳一跳的,就叫它跳跳好了。"

晓星好像有点不甘心,便说:"要不,我们都把各自起的名字喊牠,看它喜欢哪个?"

大家一致同意,于是晓星先喊:"鼠鼠!"

啊,小松鼠没理他,只顾埋头啃玉米。

晓晴哈哈笑着:"它不理你呢!让我来吧!松松!"

哈,小松鼠同样没理她,仍然只顾捧着玉米啃。

小岚说:"好啦,等本公主出马!"

说完,她朝小松鼠喊道:"跳跳,小跳跳!"

说也奇怪,那小松鼠听了,竟停住咀嚼,用亮晶晶的眼

睛看着小岚。小岚笑道:"噢,它喜欢我起的名字呢!跳跳,跳跳!"

小松鼠张开小嘴巴,露出两只大板牙,好像在笑。

晓晴晓星不得不认输了,同意了跳跳这个名字。

晓星说:"啊,我打电话给万卡哥哥,让他一块来玩小松鼠!"

说完,就拿出手机拨了万卡的手机。

"喂,万卡哥哥,你快来嫣明苑,苏苏送我们小松鼠,好可爱啊!啊,你要工作现在不能来,哦,那好吧。你要找小岚姐姐?好,你等等。小岚姐姐,万卡哥哥叫你听电话。"

小岚接过电话,说:"万卡哥哥,怎么啦?黑森国内阁会议已开完,他们仍然不肯放人!真气人!……"

小岚挂了电话,几个孩子都用询问的眼光看着她,晓星说:"怎么,该死的黑森国政府又不肯放人吗?"

小岚一脸气愤:"是。他们仍无耻地咬定,千沙岛是属于他们的,'保千'人士是入侵了他们领土。"

苏苏说:"你们是在说黑森国抓走'保千'人士的事吗?这事我们都知道了,作为新乌沙努尔人,我们也很气愤……"

小岚说:"半小时后,我国会召开记者招待会,把事件向全世界公开。我们也去听听。"

第4章
在展览馆磕头的老爷爷

记者招待会在外交部一楼会议室召开,小岚四人赶到时,见到会场里一千个座位已快坐满,会场后面架满了各种采访器材。

守门的两名工作人员见到公主,朝她鞠了鞠躬,让他们进去了。小岚不想惹人注目,便在旁边找了位置,和晓晴、晓星、苏苏坐了下来。

几分钟后,铃响了,外交部发言人鲁玛走了出来。

"女士们、先生们,相信大家都知道刚刚发生的有关我国领土千沙岛的事件。我们的六名公民,在自己国家的领土上被黑森国无理逮捕,令人震惊。大家请看世界新闻

社播放的视频，看看我们的公民受到了怎样的对待。"

发言人退到一边，大家视线集中到了台上的荧光幕上。只见被抓的"保千"人士都被锁上手铐，被军警用枪押着。

小岚看到这里，心中怒火腾地升了起来，旁边的晓星实在忍不住，喊道："太过分了！打倒黑心鬼！"

小岚拉了拉他，他才气呼呼地坐下来。

有个"保千"人士突然举起铐着手铐的双手，高呼起来："打倒黑森军国主义！千沙岛是乌国神圣领土！"

晓晴说："啊，是莫大明！昨晚报道"保千"行动的记者莫大明。"

只见有个黑森军官走到他身边，像是威胁他不要出声，但莫大明丝毫没有理会，继续高呼："我国领土不容侵犯，黑森侵略者滚出千沙岛！"其他"保千"人士也跟着高呼："我国领土不容侵犯，黑森侵略者滚出千沙岛！"

晓星忍不住喊道："'保千'人士，好样的！'保千'人士，我们支持你！"

这时，场内一片哗然，到会的传媒工作者都议论纷纷，这回黑森国真是太过分了。

鲁玛说："请大家静静。"

他又说:"千沙岛及其附属岛屿自古以来就是乌国的神圣领土,有史为凭、有法为据。千沙岛等岛屿是乌国人最早发现、命名和利用的,乌国渔民历来在这些岛屿及其附近海域从事生产活动。早在几百年前,千沙岛等岛屿就已经纳入乌国海防管辖范围。乌国是千沙岛不可争辩的主人。但是,黑森国政府却无耻地伪造一些见不得光的所谓证据,捏造事实,声称比乌国更早拥有千沙岛主权。其实,他们的所谓证据根本不堪一击,经不起验证。不管他们怎样上蹿下跳,都无法抹杀千沙岛是乌国领土这一铁的事实……"

记者招待会的下半场是由各国记者发问。

小岚四个人这时离开了会场。小岚吩咐晓晴和晓星先带苏苏回去,她自己一个人在外交部附近慢慢走着。

一部黑森国侵略史在她脑海中慢慢掠过,乌沙努尔这片美丽的土地,曾数次遭黑森侵略者蹂躏,残忍的黑森人烧杀抢掠,犯下无数罪行。

特别是六十年前那次入侵,犯下累累罪行,有一次竟残忍地坑杀了一万多名无辜的乌国人。乌国人奋起反抗,用了六年时间,才把黑森侵略者赶出了乌国领土。

战后,乌国政府见黑森国因为发动战争耗尽国库、也

在展览馆磕头的老爷爷

榨干了民间资财,黑森人民流离失所、冻死饿死者无数,一念之仁,便没有要他们作出战争赔偿。没想到黑森国政府在恢复元气之后,便频频挑衅乌国,无所不用其极。

她心里气得慌,这是怎样一个可恶的国家啊,怎么这样卑劣,这样无耻!这种人的存在,永远是世界的一抹黑暗,一个祸害。

看样子黑森国没有放人的意思,再这样的话,难免擦枪走火。新仇旧恨,乌沙努尔人民到了忍无可忍的时候,战争就一定无法避免了。

小岚走着、想着,她突然停住了脚步,发现自己不知不觉来到了"黑森侵略者大屠杀遇难同胞纪念馆"门前。

小岚决定进去看看。时间还早,纪念馆里参观的人不多,但每一个人脸上都显得异常凝重。

纪念馆有许多真实照片,有的画面是黑森军用鞭子抽打乌国人,有的画面是黑森军放火烧毁乌国大片房屋,有的画面是黑森军为评估化学武器的威力,把乌国人当"白老鼠"扔进实验室,最令人发指的是一张黑森军挖了一个大坑活埋几千名乌国平民百姓的照片……

每一张照片都惨不忍睹,每一张照片都在用血泪控诉黑森军的累累罪行,小岚不由得攥紧了拳头,真是些灭绝人性的禽兽啊!乌国人当年该是以多么宽广的胸襟,才能放过他们,不用他们作出战争赔偿。

小岚紧握拳头,指甲都快戳进肉里了。

接下来的一面烈士墙,上面贴满了照片,全是当年被黑森军杀害的抗黑战士。小岚走近正要细看,突然见到身旁有个老人扑通一声跪在地上,朝着那些烈士照片一味磕头。

小岚见老人头发全白了,背驼着,看上去有八十多岁年纪了,瘦削的身子不住地颤抖。看得出来,他内心一定很痛苦。

小岚心想,老爷爷一定认识这些照片中的人。莫非他是这些烈士的亲人?

小岚心里很难过,她看见老人额上已经渗出了点点鲜血,心里很是不忍,所以赶紧上前,把老人扶起来。又掏出手绢,给老人轻轻擦着额头上的血。

老人身子颤巍巍的,他感激地朝小岚点了点头。

小岚把老人扶到拐角处,请他在一张供参观者歇息的木椅子上坐下,然后坐在老人身边,问道:"老爷爷,您是烈士的亲人吗?"

老人突然老泪纵横,说:"不是,不是,我是他们的

罪人！"

"罪人？"小岚听着老人浓重的外国口音，大吃一惊，莫非……

老人说："是的，我是罪人，是乌国人民的罪人。当年黑森国侵乌时，我是一名大学生，因为打仗需要大量士兵，我被政府强征入伍，参与了那场罪恶的侵略战争，也因此双手染上了许多乌国人的鲜血。之后为了赎罪，我每年都要来这里一趟，向战争死难者磕头谢罪……"

老人泣不成声。

小岚看着老人，眼含热泪。她心里百感交集，战争不但令许多人家园尽毁甚至丧失生命，也令许多人因着罪恶感而永世不得安宁。

小岚说："爷爷，别难过了。真正有罪的是那些发动战争、妄想吞并世界的野心家、阴谋家，而大多数士兵都是无辜的，他们并不想当炮灰，不想当刽子手。爷爷您也一样，相信当时也是被迫参战的。"

老人说："是呀，我们当时大学的同学除了病残的，全都要入伍。我们班二十六个同学，回国时只剩下十个，另外十六人都死在战火中了。我们战后余生的十个人，回国后就成立了反战同盟，向同胞们揭露战争的罪恶，揭露

捍卫国土的公主

政府的侵略罪行。因此，我们长期受到政府迫害，连找份谋生的工作都不容易，幸好有民众支持帮助，我们才能活下来。我因为写了一本叫《黑森侵乌罪行录》的书，还被黑森国政府以煽动罪为名，坐了二十年牢……"

小岚听了若有所思，看来这个民族大多数人都还有良知，明白战争造成的伤害。

小岚突然发现老人的右手手背有道很深的伤痕，看上去受伤的日子很近，伤口都还没有完全愈合。老人见到小岚看他的手，便说："这是半个月前参加一个游行，被警察推倒在地擦伤的。参加那次游行的都是热爱和平的市民，要求政府不要到墓地参拜战犯，不要再伤害受害国家人民的感情，我们要和平，反对战争。"

小岚说："谢谢您，您受苦了！"

"爷爷！"这时跑过来一个六七岁的男孩，他长得很可爱，虎头虎脑的，他一下子扑到老人怀里。

老人慈爱地搂住小男孩："外面小公园好玩吗？"

小男孩说："好玩。我刚刚认识了一个朋友，是个女孩子，她对我可好啦。我们一起玩捉迷藏，她还送我礼物。"

他炫耀地举起手中一根五彩的棒棒糖。

老人说："真是小馋猫！你有回赠人家礼物吗？"

小男孩说："妈妈送了她一个漂亮的蝴蝶结，她戴上可好看了！"

老人点点头，又指着小岚对小男孩说："叫姐姐。"

小男孩咧开小嘴，笑着对小岚说："姐姐好！"

小岚摸摸他红苹果似的小脸："真乖！"

老人告诉小岚："我今年特地把儿子媳妇和小孙子带来了，我想让他们知道黑森国侵乌史实，让他们知道黑森国当年给乌国人民造成多大的苦难。"

小岚看着老人，心里很感动。

这时，小男孩晃着老人的手说："爷爷，我想跟您一块玩。我想骑木马，想坐大风车，还想玩秋千。"

老人笑呵呵地说："好好好，爷爷这就跟你一块去玩。"

老人和小男孩走了，小男孩一边走一边回头给小岚送飞吻，圆圆的小脸绽出天真无邪的幸福笑容。

小岚看着小男孩的背影，心里想，人类不可以再起战火，不管是乌沙努尔的孩子，还是黑森国的孩子，都应该拥有美好家园和幸福童年。

第5章
正义四人组

小岚没有回嫣明苑，而是去了国会大厦。

守门卫士告诉小岚，国王和大臣们正在会议厅开会。

小岚说："嗯，我进去听听。"

卫士推开门，请公主进去。小岚走上会议厅的二楼，找了个阴影里的位子坐了下来。在这里，她可以很清楚地看到和听到下面人们做什么和说什么，但下面的人却不会发现她。

万卡正和十几位大臣围着一张长长的会议桌，商量如何应对黑森国的挑衅，如何迫使黑森国政府释放"保千"人士。大臣们七嘴八舌的，万卡则在留心地听着。

"……森泰郎真是贼心不死,说什么千沙岛在四百年前就有黑森人生活居住,比乌国人还早。简直胡说八道!"

"他们说有证据,但是又拿不出来,分明是自欺欺人!"

"的的确确,自开国起,千沙岛就已经属于我们,这是假不了的。可惜,我们手头只有三百年前那张地图,无法找到再早的物证。"

"真的假不了,假的真不了,黑森国也只能搞些小动作,这个我们一点不怕。问题是现在他们抓了我们的公民。"

"那干脆我们派军队去把'保千'人士救回来,干脆派军队进驻千沙岛,不就得了。以我国军事的强大,难道还怕他黑森国不成!"

"我反对!如果这样做,就给了黑森国政府一个发动战争的借口。"说话的是外交大臣宾罗。

国防大臣一拍桌子:"打就打,以我们的力量,难道还怕他们吗!"

小岚看到万卡英俊的脸上十分凝重,眉头也紧紧皱着,她明白他此刻心情的纠结。

捍卫国土的公主

　　的确，以乌沙努尔的强大，完全可以打败黑森国，但现代战争对人类生命与健康的伤害及对生态环境的毁灭性破坏，他也不能不考虑。而另一方面，国家的尊严，人民生命的安全，又令他不能软弱。

　　这时，会议桌旁的人们都把目光投在国王身上，他们想听听国王的最后决定。

　　万卡看了看一班忠实的大臣，目光变得坚定："乌沙努尔人是不可欺侮的，如果黑森国政府一意孤行，我们绝不手软！我们一方面继续同黑森国交涉，一方面做好战斗准备，如果黑森国政府坚决不放人，我们就采取行动，前往救人。外交部，马上将抗议升级；外贸部，全部中止跟黑森国洽谈中的各种贸易协议；国防部，尽快查清楚'保千'人士的关押处，并拟定营救计划书。我们尽可能避免战争，但是我们不害怕战争，如果他们肆无忌惮欺负到我们头上，危害我国公民的人身安全，我们就，打！"

　　"打！"大臣们一齐发出吼声。

　　小岚默默地离开了国会大厦。她不想打仗，但有什么办法能够让黑森国政府马上释放"保千"人士，让他们再也不敢觊觎千沙岛，让他们从此不敢再像疯狗一样乱咬乱吠。

　　想着想着，小岚脑海中如电光火石般闪过一个念头，

对，就这样！

回到嫣明苑，小岚到晓星晓晴房间找人，却连个影儿也没有，客房里也找不到苏苏。小岚问小宫女，原来他们都去了游戏机室。

小岚转身往游戏机室走去。

隔老远就听到几个声音同时在喊着："踩！踩！踩！踩死你这只黑心鬼……"

"快快快，有几个黑心鬼来啦！快踢，踢走他们，要不你会被吃掉的！"

"啊，晓星，快吃那蘑菇，吃了你会长大，更有力量打坏蛋！"

推开虚掩的门，见到晓星坐在一台游戏机前咬牙切齿地按着控制器，晓晴和苏苏就站在他身旁，紧张地提醒着。小岚一看，原来晓星在玩"马里奥兄弟救公主"，画面上，马里奥正在蹦蹦跳跳地避过许多怪物，前往救人。

他们把那些怪物当成黑森鬼子了！怪不得全都一副深恶痛绝的模样。

小岚站在他们身后，他们一点没察觉，直到晓星过完最后一关，救到了公主，三个人一阵欢呼雀跃后，才发现了小岚。

晓星说:"小岚姐姐,你什么时候进来的,你有没有看到我过了一关又一关,把公主救了出来?"

小岚说:"游戏救人有什么好玩,想不想来真的,我们真的去救人!"

三个孩子都把眼睛睁得大大的,有点不相信地看着小岚。

过了一会儿,晓星才说:"小岚姐姐,你说的是真的吗?不是开玩笑?"

小岚白了他一眼:"这么严肃的事,我会开玩笑吗?"

"哇!"晓星大喊一声,"小岚姐姐,我们真的可以去救人?那太好了,我报名参加!"

晓晴惊讶地看着小岚:"小岚,你的意思是说去劫狱,把人救出来?"

"那还用说!"晓星自作聪明地说,"小岚姐姐,那我们是不是要带很多工具。带挖地洞的锄头啦、攀爬的绳子啦、解决守卫的无声手枪啦……"

小岚打断晓星的话:"停停停!谁说去劫狱啦?我们现在连'保千'人士关哪里都不知道呢!"

晓星傻傻地看着小岚:"那……不是劫狱,我们还有

捍卫国土的公主

什么方法救人?"

小岚说:"我们登上千沙岛,寻找线索,寻找证据,证实千沙岛自古以来就属于乌沙努尔。"

"啊!"三个孩子互相看看,都一脸兴奋。

小岚继续说:"千沙岛自开国以来就属于乌国领土,也曾经有乌国人世世代代在那里住过。人走过必留下痕迹,那岛上说不定会有当年的乌沙努尔人留下的古文物,只要我们找到证据,黑森国政府的谎言就不攻自破,他们也就不得不释放被无理拘捕的'保千'人士。"

晓星大喊一声:"哇!小岚姐姐,你真是前无古人后无来者冰雪聪明智勇双全高瞻远瞩……"

"少来擦鞋!"晓晴截住晓星的废话,对小岚说,"这个主意好!如果真能找到证据,那就不但能救出'保千'人士,以后黑森鬼子也不敢再打千沙岛的主意了。"

晓星早已迫不及待:"什么时候出发?我们是让万卡哥哥派军舰送我们去千沙岛吗?"

小岚弹了他一个脑奔儿:"你傻呀!怎么可以坐军舰去登岛,到时黑森国肯定也出动军舰,那就会打起来了。黑森国政府那些战争狂人早就巴不得找个借口打仗,反正他们不会顾别人死活。但我们不希望战争,不想伤害无辜

的士兵和老百姓。"

晓晴说:"小岚,我明白了。我们会静悄悄地去,静悄悄地上岛,静悄悄地找证据……"

"对。我们以旅行为名离开,坐飞机到多善市,然后租船去千沙岛。"小岚又说,"不过,我们要做好思想准备,这次行动会有危险,我们也有可能像之前的'保千'人士一样,会被黑森巡逻舰发现拦截,到时我们就要想法避开他们,想办法上岛。"

晓星说:"小岚姐姐,我也明白了。我不怕危险,因为我们是正义的。哎,不如我们就叫'正义三人组'好不好?我们'正义三人组'什么时候出发?"

小岚看看手表:"越快越好!现在是中午十二点,我们先回去收拾点替换衣服,还有在荒岛上要用到的东西,手电筒、睡袋、打火机,等等。一点钟下来吃饭,再告诉你们出发时间。还有,记住不能告诉任何人我们去千沙岛,万卡哥哥是肯定不会让我们去那么危险的地方的。我等会儿会打电话告诉他,我们自己去旅行几天。记得统一口径,跟谁也这么说。明白吗?"

晓星说:"小岚姐姐,你放心好了,我肯定会保密的。只是姐姐就很难担保了。她是个大嘴巴,什么话都藏不住。"

晓晴尖声道:"小坏蛋,你才是大嘴巴!"

小岚说:"别闹了,谁把秘密泄露了,就罚他两年不能去旅行!"

晓星赶紧把嘴巴捂住:"我肯定不会,姐姐就……"

晓晴眼睛一瞪:"就什么?"

"就……"晓星看到晓晴圆睁双眼,忙吞下了想说的话,"就……就跟我一样,也肯定不会泄露秘密。"

"哼,这还差不多!"晓晴撇撇嘴,"那我回去收拾行李了,唉,我那大箱子又得挤爆了。"

小岚说:"大小姐,你不能带那么多东西,我们这次不是去旅行,一定要轻装。"

晓晴嘟着嘴:"那好吧!我尽量。我走了。"

晓星追着晓晴:"姐姐,等等我。"

小岚拿出电话,刚要打电话去机场预订前往多善市的机票,突然有人拉拉她的衣服下摆。扭头一看,原来是苏苏。哎,刚才只顾和晓晴姐弟说话,把她忘了。

"苏苏,对不起!因为我们有要紧事要离开几天,不能陪你玩了。这样好不好,我叫玛娅陪你,带你出去玩,好不好?"

苏苏摇摇头："不，不要。我也要参加'正义三人组'，要跟你们一块去千沙岛。"

小岚耐心地说："苏苏，不行的，我们不是去玩，我们这次很有可能会遇到危险。你年纪小，不能去。"

苏苏说："晓星比我大不了多少，他可以去，我也能啊！而且我还有很多本领呢！我会爬山，会游泳，登岛不正需要这些技能吗？"

小岚挺为难的："苏苏，听姐姐话，不要去，好不好？你来看望我们，我是有责任保护你的。万一出了什么事，我心里过意不去。"

苏苏说："我爸爸从小教育我要勇敢正直，要敢于向恶势力作斗争。我现在是乌沙努尔人了，黑森国欺负我们，我有责任挺身而出，保卫国家……"

"苏苏，你真了不起！"小岚惊讶地看着苏苏，"看来我真是没道理不让你去了。好，苏苏，我正式接纳你，成为我们'正义三人组'的一员。噢，应该是'正义四人组'的一员。"

苏苏高兴极了："谢谢小岚姐姐！"

第6章
马路惊魂

飞机在晚上九点到达多善市,小岚一行四人入住酒店,然后到酒店餐厅吃饭。小岚向餐厅侍应打听了一下,知道这附近就有一家租船公司。

四个人租住了一个套房,里面有一个客厅、四个房间,他们正好每人一间。晓星回来一会儿又跑下楼了。之前在餐厅吃饭时,他就总围着人家的水族箱转,指着里面一条身体像长枪状、吻细细长长像支避雷针似的鱼,说很可能是一条史前鱼。人家老板解释过,告诉他这是可供食用的斑鱵(zhēn),他仍不信,结果回房间后坐立不安的,又溜去看鱼了。说是不想让一条史前鱼被人吃进肚子里;苏苏习惯

早睡,洗完澡就跑到客厅跟两个姐姐道了晚安,然后就回房睡了。

小岚看了一会儿新闻,刚想去洗澡,却听到房间里晓晴"哇"一声大叫起来。小岚早习惯了晓晴的大惊小怪,也没理她,却见到她气急败坏地跑了出来:"啊,我忘带隐形眼镜药水了,得赶快去买。"

小岚怕晓晴一个人人生路不熟的,便关了电视机,陪晓晴一起去。

附近眼镜店本来就不多,好不容易找到几家又已经关门了。两个人跑得筋疲力尽,才在一家二十四小时营业的药店买到了。

这时天已很晚。这里不是大城市,她们走的也不是繁华商业街,所以路上一个行人也没有,只有半明不暗的路灯把两人长长的影子投在地面上。胆小的晓晴把小岚的手握得紧紧的,一边还东张西望生怕有人跟在后面。

忽然,后面有把男声喊了一声:"喂,站住!"

晓晴一听脚不禁软了,拉着小岚的手狂奔起来,但是她们越跑,后面的人越追,吓得晓晴尖叫着越跑越快,小岚想看看后面是什么人也没法停下来。眼看后面脚步声越来越近,幸好酒店已到,两人飞奔进了酒店大堂。大堂那位牛高

捍卫国土的公主

马大的保安员认得是刚刚向他打听附近眼镜店的住客,忙问她们出了什么事,晓晴气咻咻指着后面:"有、有坏人、追我们……"

这时追她们的人已跑了进来,却被保安员走去一把抓住。

两个女孩这才看清楚,追她们的人是个大约二十岁的年轻人。晓晴惊魂稍定,她气愤地朝那年轻人嚷道:"你想干什么?!你这个坏蛋!"

年轻人被保安员扭着手,很不舒服,嚷道:"放开我,放开我!"

保安员骂道:"我就是不放!谁叫你欺负小女孩!"

年轻人说:"我哪里欺负她们了,我只是……"

晓晴说:"只是什么?你想狡辩吗?现场抓获,你没话好说了……"

"慢着!"小岚打断了晓晴的话,她从年轻人手里拿了一个钱包,看了看,对晓晴说,"晓晴,这不是你的钱包吗?"

晓晴一看,"啊"了一声,从小岚手里接过钱包:"啊,是我的钱包,这钱包怎么在你手里?哦,你是个贼,你偷了我的钱包!"

小岚瞪她一眼,说:"你傻呀!如果是他偷了钱包,他还不赶快跑掉吗?还在你后面追干什么?"

"那……"晓晴挠着头。

这时候,在餐厅研究鱼的晓星不知道什么时候溜了过来,听到这里,朝姐姐说:"姐姐,你真笨!他不是贼,是好人。他是捡了你的钱包,追来还给你!"

那年轻人听了,一味点头:"这个小朋友说得对,你掉了钱包,我捡了想还给你,谁知道我越喊你们越跑,所以一直追到这里。"

"啊!"晓晴傻了,闹了半天,原来是自己把好人当作贼。

保安员赶紧放掉年轻人。小岚对年轻人说:"先生,对不起,我们误会你了。"

年轻人穿着白衬衣黑西裤,眉清目秀的,看上去像个大学生。他挺有修养的,甩甩被保安员扭疼了的手臂,笑着说:"没事,没事。好,我还有事,先走了。"

晓星说:"哥哥再见!"

"再见!"

小岚见晓晴仍旧呆呆地看着年轻人的背影,便拉了她一下:"还看什么,回房间吧!刚才也不跟人家说声谢谢。"

晓晴跟在小岚后面走着,嘟着嘴说:"人家尴尬嘛,都忘了!"

晓星走过来凑热闹:"这是姐姐常犯的错误哦,好人当贼办!"

晓晴眼睛一瞪:"坏小子,不说话没人把你当哑巴的。"

说毕,挥动"五爪金龙"突袭,吓得晓星鸡飞狗跳地乱跑。

回到住房,大家各自回房间洗澡睡觉,直到第二天小岚每间房去敲门,另外三人方才睡眼惺忪起来。

晓星揉着眼睛走出客厅,往沙发上一坐,说:"才六点半嘛!小岚姐姐,干吗这么早叫人家起来。"

小岚说:"你以为是来玩吗?我们是来执行任务的。我们争取在租船公司一开门就马上租到船,马上出海。快去洗脸刷牙!"

"是——"晓星揉着眼睛,跑回自己的盥洗室。

在小岚的严加监督下,四人准时在七点半出门,退了房,然后直奔租船公司。时间刚好八点,但租船公司还没开门。小岚上前看了看,只见大门上挂着个牌子,写着营业时间为早上十一点三十分至晚上十一点三十分。

"糟糕,那岂不是要等三个半小时!"小岚皱起眉头,焦急地说,"不行,那太迟了!"

她毫不犹豫地伸手拍门:"有人吗?里面有人吗?"

希望里面有值夜的人。

晓星几个人也上来帮忙拍门,乒乒乓乓的,弄得路人都朝他们看。

拍得手也痛了,还是没有人出来开门。刚要放弃时,听到里面有人喊道:"谁呀,吵死了!"

小岚说:"对不起,我们有急事,想租一艘船。"

里面有开门的声音,紧接着,一个有着蓬松金头发的脑袋伸了出来,埋怨道:"这么早!我以为哪里失火了呢!"

脑袋的主人是个二十岁出头模样的年轻人,他睡眼惺忪地看着小岚四人。

"先生,真的不好意思,打扰你休息了。"小岚抱歉地说。

金毛头见是个漂亮女孩,又这样有礼貌,便说:"不要紧,我也准备起床了。"

小岚说:"我们急着出海,想租一艘船。"

金毛头说:"啊,离开门还早呢!"

小岚说:"先生,你就帮帮忙吧!我们有事,真的有事,

急着要出海!"

金毛头用手挠挠头,为难地说:"这……这……不是我不想帮,是不合规矩。"

晓晴不耐烦了:"哎,有什么不合规矩的?你休息时间还办公,还给老板接了生意,这是好事啊!我想老板不但不责备你,还会表扬你呢!"

金毛头想了想:"那好吧,我就破一回例,帮帮你们好了。"

他打开门,让小岚他们进来,又说:"你们先坐一会,我进去洗把脸,一会儿就好!"

"好的,谢谢!"小岚带着几个孩子进了租船公司,坐下等着。

果然是"一会儿",才几分钟,卷毛头就穿戴整齐出来了,连那头乱糟糟的卷毛也被他用发胶弄得整整齐齐的。

他走进柜枱后面,打开电脑,问道:"你们想租什么船?要多大的?"

小岚说:"不用太大,我们只有四个人。但一定要坚固、防撞、灵活,经得起风浪的颠簸。"

金毛头说:"租这样的船,租金很贵哦,而且损坏赔偿费也很高。"

小岚说:"这个没问题,多贵都行!"

万卡曾给了小岚一个最高级别的银行卡——量子卡,小岚一直没有用过,现在可以派上用场了。

金毛头见小岚说没问题,便在电脑上查了一下,说:"就这艘『前进号』吧!跟你们要求的差不多。"

小岚看了看照片,虽然不是很新,但看上去满坚固的,便说:"好,就这艘!"

小岚又问:"噢,我们还得请船长和水手。"

金毛头一听却为难起来:"小姐,这事有点难办。因为我们这里没有固定船长,都是临时请的。但你们来得太早,他们还没来呢!"

小岚一听急了:"那他们什么时候会来?"

金毛头说:"我想十二点吧!"

"啊!"小岚了不禁焦急起来。怎么办呢?

金毛头见到小岚着急的样子,说:"或者你们到附近的租船公司看看吧,离这不远有一家风行租船公司,他们好像营业时间比我们早很多,而且有船长随时等候,他们也许能帮上忙。"

热心的金毛头还把风行租船公司的地址写给了他们。

金毛头收了租金和押金,把一把钥匙交到小岚手里:

"这是船钥匙,请到船长后,你们可以直接到码头上船……"

四个人走出租船公司,晓星说:"小岚姐姐,你不是会开船吗?"

小岚说:"我那三脚猫功夫,开着游艇在风平浪静的海里航行还好,往千沙岛那条航道风浪大、暗礁也多,出了事怎么办?我可没那么多条命赔给你们爸爸妈妈。"

打开手机看卫星地图,原来风行租船公司真的很近,走两个路口,伟业大厦临街铺面便是。四人便一路寻去,十多分钟便找到了那座大厦,没错,地铺门口有块牌子,正写着"风行租船公司"。

正想上前推那道玻璃门,忽然发现门是锁着的,里面黑灯瞎火。啊,没有人!晓晴喊了起来:"快看。这里贴着张告示!"

大家走过去一看,只见写着:东主有喜,休息一天。

啊,四个人大眼瞪小眼,都傻了。

晓星嚷道:"怎么这样倒霉呀,想请个船长也这么难!"

突然,后面有人说道:"请问,你们是要请船长吗?"

小岚等人转身,见到一个年轻人站在门口,看着他们。

"哥哥,是你?"晓星首先喊起来。

小岚和晓晴也认出来了,是昨晚捡到钱包的那个年轻人呢!

年轻人显然也认出了小岚他们,微笑着说:"噢,看来我们是有缘哦,这么巧又碰见了。你们要出海吗?"

小岚说:"是的,你可以给介绍船长吗?"

年轻人笑笑:"不用介绍。现在站你面前的就是。"

小岚惊讶地挑起了眉毛,眼前的人看上去这么年轻:"你是船长?"

年轻人从口袋里掏出证件,递给小岚:"不信吗?有证件为凭。"

小岚接过那小本子,只见封面印着"海上驾驶执照",再打开里面,果然是年轻人的照片,还有他有关个人资料。原来他名字叫龙一,今年二十一岁。

晓星凑近看了看证件,哇哇大叫起来:"哇,哇,龙哥哥你好厉害,才二十一岁就考取船长资格。"

龙一笑了笑:"其实我只是一名大三学生。不过我出身航海世家,自小便常跟叔父辈出海,大风大浪见得多了,再稍微进修一下,考证并不难。我十八岁便经常充当水手随船出海,二十岁便考到船只驾驶证了。"

捍卫国土的公主

小岚毫不犹豫地向龙一伸出手说:"好,我们就请你!"

龙一跟小岚握握手,说道:"光我一人还不行,起码得再请一个水手协助工作。"

小岚说:"不用担心,我可以协助你。"

"你?"龙一瞪大眼睛。

小岚胸脯一挺,说:"怎么?不相信?!"

龙一昨天见面就觉这女孩子不简单,一点不敢轻看,赶紧说:"相信,相信!"

他又问:"你们准备去哪里?"

小岚说:"千沙岛,敢不敢?"

"千沙岛?"龙一先是愣了愣,接着脸上泛起一片惊喜,"敢,怎么不敢!"

第7章
珍贵的线索

趁着龙一上船做起航前的检查工作,小岚和三个孩子去附近超市买了很多生活用品,比如瓶装水呀,方便面呀,以及很多饼干。晓星这馋嘴猫,硬是又买了许多零食,什么薯片呀、朱古力呀,比主食还要多。临出超市大门,他又拖来一箩筐土豆,说是没事时在船上焗土豆,蘸上芝士,好吃极了。

小岚看着那一大箩筐的土豆就皱眉头,但晓星嬉皮笑脸地鞠恭作揖恳求,小岚只好由他了。东西太多了,后来还是请了超市员工帮忙,开车把那大堆东西送到船上。

刚收拾好东西,就见到龙一拿着扳手从驾驶室走上

来，见到小岚，他说："检查过没问题，船的性能也很好。另外，查过海洋气象，这几天都是风平浪静。我们可以起航了。"

小岚一听很高兴，这回，连老天爷也来帮他们呢！她点点头，对龙一说："辛苦了，开船吧！"

两人一起回到驾驶室。十点正，船起航了。

晓晴跑进驾驶室，说："小岚，龙哥哥，我来帮你们。"

小岚斜了她一眼："你会干什么？"

"我会……"晓晴拿出手机，"我给你们拍照留念。"

她先拍了一张小岚，然后就去拍龙一。咔嚓咔嚓的，前后左右在拍，一边拍还一边回看："哦，龙哥哥，你好帅啊！"

小岚摇摇头，这家伙，又犯花痴了，每次见到帅哥就这副德性。

这时，晓晴又跑到龙一身边，说："龙哥哥，我跟你合照一张好不好吧，你靠近一点，好，我拍了！"

龙一无奈地望了望小岚。

小岚忍不住了，说："晓晴，出去！你想发生撞船事

故吗?"

晓晴嬉皮笑脸地说:"最后一张!"

说着摆了个小可爱手势,"咔嚓"地自拍了一张,然后伸伸舌头,窜出去了。

晓晴离开后,龙一松了口气。他熟练地操控着船只,眼睛专注地看着前方航道,直到驶入平缓的大海,他才放了心,人也松弛下来。

看得出来,他不但驾驶技术了得,人也很小心谨慎,小岚心想今天还真是幸运,以为山穷水尽,谁知轻易地在路边捡了一个这样出色的船长。

小岚突然想起了一件事,啊,之前一直紧张地忙着做出海准备,竟然连跟龙一谈报酬的事也忘了!

她赶紧对龙一说:"龙一,真对不起,忘了跟你商量报酬呢!你开个价吧,我对船长的酬金多少不清楚。"

龙一看了小岚一眼,笑笑说:"我不要报酬。"

"啊!"小岚吃了一惊,"不行,你能帮我们,我已经很感激你了,钱一定要给的。"

龙一摇摇头:"我不但不要钱,我还得感谢你们呢!"

小岚扬起了眉毛,用疑问的目光看着龙一。

捍卫国土的公主

龙一说:"我自小除了对航海有兴趣,也很喜欢考古,所以读大学时报了考古专业。我们的系主任海尔先生是一位著名的考古专家,他见我对考古很着迷,成绩也很优异,于是在大二时收了我为徒弟。海尔先生是很少收徒弟的,我们学校就只收了两名,除了我之外,还有一个名叫宝安的在读研究生。

"老师的一生很富传奇色彩,为了查探乌国古文明的足迹,他走遍了乌沙努尔的山山水水,到过许多渺无人迹的无人岛和人迹罕至的荒山野岭,发现并鉴证过许多珍贵的古文物、古文献,为研究乌国及人类文明史作出过极大贡献。可惜的是,老师在半年前不幸患了癌症,仅仅四个月,就离开了我们。"

龙一说到这里,轻轻叹了一口气,继续说:"临终时,老师特地把我和师兄叫到床前,跟我们说了一件事。老师不久前得到一本古籍《多善县志》,多善县即现在的多善市。那本古籍里面提到,大约在六百年前,当时的多善县长官惠莱曾登千沙岛视察,并且大书了'千沙岛,乌沙努尔的蓝色宝石'十一个字,命工匠凿在海岛的一块大石上,还凿下当时的日期。

"海尔老师一直希望有朝一日能登上千沙岛进行学术

捍卫国土的公主

勘查探索，证实这件事，可惜一直未能实现愿望。老师很希望有一天千沙岛真正回到祖国怀抱，而我和师兄能代替他登上千沙岛，站在自己的国土上，去发现和研究乌沙努尔的文明足迹。"

小岚听到这里，不禁兴奋莫名，没想到她当初虚无缥缈的一个想法，如今却在龙一那里得到了证实——千沙岛上很可能真的有证据，能证实千沙岛属于乌沙努尔的证据！

"老师把那本古籍交到师兄手里，要我们好好参透里面内容，说有较为准确的大石所在位置。办完老师后事，我去找师兄要那本书，想知道大石的所在位置。只是没想到，师兄原来早就办了出国留学，他不辞而别，把书也带走了。我真有点生气，但想想也无所谓，反正千沙岛不大，找一块大石也不是很难。之后我一直想找机会前往千沙岛。早些时候收到消息，有'保千'人士准备在多善市驾船去千沙岛宣示主权，我就急忙赶来了。没想到，来到这里时，船已开走了。能遇上你们，是我多大的幸运啊！"

龙一兴奋地看着小岚，继续说："这几天我都在租船公司门口转悠，希望能租一条船，我自己独自去登岛。但租一条能出大海的船租金太贵了，再加上高额的押金，我根本没法付得起钱。正当我无计可施的时候，遇上了

你们。本来我是想替你们开船，攒点报酬，积攒起来去租船，没想到，你们就是去千沙岛的，我多高兴啊！所以，我能要你们酬金吗？我高兴得直想给你们钱呢！"

小岚开心地说："太好了！其实我们这次登岛，目标跟你很相似，就是想去寻找前人留下的古迹文物。"

龙一睁大眼睛："啊，真的？"

"据可靠消息，我国政府立足用和平方式促使黑森国放人，但如果交涉无结果，不排除用武力解决。我们不怕战争，但我们不想有战争，所以，我们这次登岛，是希望能在岛上找到证据，证明千沙岛是我国领土的有力证据。这样，才能彻底粉碎黑森国政府的阴谋，才能让他们的谎言不攻自破。"

"啊，天哪，我怎么没想到这一点呢！对啊，找到证据，让黑森国政府无话可说，让他们停止一切疯狂叫嚣。我之前光想到去鉴证文物，却没有想到文物可作为岛权的证据。啊，小岚，你太厉害了！"龙一眼里放出异彩。

小岚朝龙一伸出手，说："来，为我们的有缘相遇，为我们的共同愿望，握握手。"

龙一紧握着小岚的手，说："很高兴认识你。让我们一起努力、加油！"

第8章
暴风雨要来了

在海洋上航行是愉快的，因为每时每刻都可以欣赏蔚蓝色的大海，可以呼吸着清新的空气，可以无遮无挡地仰望万里无云的晴空。所以，虽然有未知的艰难险阻在等着他们，但大家仍然是开开心心的。

下午三点多，小岚仍在驾驶室帮忙，晓晴姐弟就和苏苏在甲板上看风景。这时，有七八只海鸥一路随着他们的船只，紧追不放。

晓星说："你们看，这些海鸥一定知道我喜欢小动物，所以追着我呢！"

苏苏用崇拜的目光看着晓星："啊，真的吗？！晓

星，你好厉害啊！"

晓星得意地说："嘿嘿，本来就是嘛！"

晓晴瞪他一眼，说："苏苏，别被他骗了。海鸥喜欢跟着船只跑，是因为船行驶时常常会把一些鱼打昏了，海鸥跟着船，就是想捡这些鱼吃。"

苏苏突然大叫起来："啊，晓晴姐姐说得对，海鸥果然在抓鱼！看，那只大海鸥，把一条鱼叼在嘴里了！"

晓星尴尬地嘟着嘴："让人家神气一会儿嘛，你也不会掉块肉。哼，还说是姐姐呢！"

晓晴撇撇嘴，说："我就看不得有人在吹牛皮。"

"是谁吹牛皮呀？"这时，小岚走上了甲板。

晓星忙摆手说："没有人，没有人……"

晓晴说："欲盖弥彰！"

这时，苏苏突然喊了起来："海鸥不要走！海鸥不要走！"

大家一看，啊，真奇怪，刚才还跟在船只后面的五六只海鸥，突然一窝蜂地飞走了，好像听到了什么撤退令一样。

晓星埋怨晓晴："都是你，偏要打击我。看，连海鸥也看不过去了，跑掉了。"

晓晴说:"你是强词夺理!"

晓星说:"你……"

小岚也不管那两姐弟斗嘴,她倚在栏杆上,看着高高地飞着,飞向陆地方向的海鸥,眉头皱了起来。

一会儿,她三步并作两步跑进驾驶室,对龙一说:"龙一,有情况!我想今晚海上可能会有风暴。"

龙一吓了一跳,说:"出航时查过天气,还说得好好的,怎会有风暴呢?"

小岚说:"我刚才在甲板上,本来有很多海鸥一直跟在船尾的,但后来突然集体飞走了,往陆地飞去。"

龙一说:"我明白你意思。我虽然出海没遇过风暴,但也听长辈们说过,如果海鸥贴近海面飞行,那就预示未来的天气将是晴朗;如果海鸥沿着海边徘徊,那就预示天气会逐渐变坏。如果海鸥离开水面,高高飞翔,成群结队地从大海飞向海边,或者成群地聚集在沙滩上或岩石缝里,那就预示着暴风雨即将来临。因为海鸥的空心管状骨骼和翅膀上的空心羽管,就像小型气压表一样,能灵敏地感觉气压的变化。"

"正是。"小岚说,"这真是应了天有不测之风云这句话了。咱们听听电台天气预告,确认一下。"

"好的。"龙一把电台调到天气频道,却发现只有沙沙的声响,再调到别的频道,也一样。

"糟糕,刚才还好好的,怎么就坏了呢!不要紧,我打海事卫星电话查询一下。"

一会儿,龙一放下话筒,说:"小岚,你说对了。已挂起热带风暴讯号,正在呼叫海上船只迅速找寻地方暂避呢!"

小岚皱着眉头,看看一望无际的大海,问:"这附近不知有没有避风港。"

龙一摇摇头说:"看样子没有。我们现在只有一条路可走,那就是返航。但是,这样一来,我们就得耽搁一两天时间。"

耽搁一两天?不行!多耽搁一天,"保千"人士就多受苦一天;多耽搁一天,战争爆发的危险就多一分……

但是,以这样一艘船,如果遇上一般的风暴还可以扛过去,但要是遇上大风暴,那就很危险。

小岚心里很忐忑,如果只是她一个人,她一定毫不犹豫勇往直前,但问题是还有另外四个人……

"小岚姐姐,真的会有风暴吗?"突然听到晓星的声音。

捍卫国土的公主

　　小岚扭头一看，不知什么时候，晓晴和晓星，还有苏苏，都来了驾驶室，正站在她身后，六双眼睛在看着她。

　　小岚点点头。

　　晓晴眼里有些惊悚："我们会遇到危险吗？就像泰坦尼克号一样，全掉在冰冷的水里，冻死、淹死吗？"

　　小岚有点不忍，但还是点了点头："这是最坏的可能。"

　　大家面面相觑。

　　小岚叹了口气："我不想你们冒险。但是……"

　　龙一首先打破了沉默："我赞成继续前进，因为，没时间了。这条船可以抵挡一般的热带风暴，如果我把船再控制得稳一点，那就不会有问题。"

　　一直没吭声的苏苏也说："我也赞成。我不怕，我会游泳，即使是船翻了，我也不怕！"

　　晓星接着说："不要回去！我也会游泳，要是船真的翻了，我可以救你们。"

　　"收起你那乌鸦嘴！"晓晴瞪了弟弟一眼，"好，我也赞成前进。我相信龙哥哥的技术。"

　　见到大家都坚定地要继续前进，小岚说："好，既然大家都这样想，那我们就——继续前进！"

　　其他人也都一齐喊："继续前进！"

第9章
风雨中的一艘船

傍晚时，海上起风了。风把船上插着的小旗子吹得哗哗作响。站在甲板上，人都有点站不稳。

为了安全，小岚叫晓晴他们几个回到船舱，自己就去驾驶室和龙一一起，监视着海上的天气情况。

黑夜降临时，风加大了。浪不时打过来，"哗"一声拍打在驾驶室的玻璃上，又瞬间退去。龙一全神贯注地看着前方，不时扭头看看小岚担心的脸，说："不要紧，事情不会那么坏。只要保持现在状态，船只能平安。"

小岚听了，马上报以信任的笑容。她相信龙一，她在这个才二十出头的大哥哥身上看到了坚定，看到了镇静。

捍卫国土的公主

但是,风暴有加大的倾向,海好像在咆哮,巨浪如山,仿如千军万马奔腾而来,像要把船瞬间吞没。

小岚脸色有点发白,长这么大,还没见过这么强烈的海上风暴呢!

她担心小伙伴们,便跟龙一说了一声:"我去看看晓晴他们,很快回来。"

船晃动得很厉害,她一路抓着扶手,仍然走得很艰难,在下一处十几级的木楼梯时,还差点掉了下去。

好不容易走到用作卧室的中间舱,推开一道门,见到晓晴用手死死地捂住胸口,脸色白得像纸一样。小岚赶紧上前:"晓晴,你还好吗?"

晓晴不敢动,用眼睛瞅瞅小岚,苦着脸说:"我想吐。"

小岚说:"吃了晕船药没有?"

晓晴说:"吃了,吃了一片。我们三个都各吃了一片。"

小岚说:"一片不够的,得吃两片。"

小岚赶紧拿来药和温水,让晓晴吃下去。小岚说:"你躺下睡觉吧,一觉醒来,就没事了。"

晓晴乖乖地躺下了,她问小岚:"船晃得么厉害,会

翻吗?"

小岚拍拍她肩膀:"不会的。睡吧!"

晓晴看着小岚脸上的微笑,心里安定多了。

小岚说:"好好休息。我等会再来看你。"

晓晴看着小岚的背影,喊了声:"小岚,小心!"

小岚回头朝她笑了笑,又转身走了。

老远就听到有人呕吐的声音。推开另一道门,见到晓星趴在一张沙发上,脸朝下吐着,苏苏坐在他身旁不住地安慰他。

这里是船的中心,晃动已算是相对平稳的了,没想到他们仍弄成这样。

晓星吐完,又开始乱说话:"苏苏,怎么我看到三个苏苏了?你会分身术吗?苏苏,怎么椅子跑到船顶了,是船翻了吗?苏苏,苏苏,我不玩荡秋千了,你别晃我,别晃我……"

一见到小岚,晓星就想用手抓她,谁知一抓抓了个空:"小岚姐姐,你是快闪党吗?你怎么一闪一闪的……"

嚷着嚷着,哇,又吐了起来。

这家伙,晕船晕得真夸张!

捍卫国土的公主

小岚问苏苏:"苏苏,你还好吧?"

苏苏说:"小岚姐姐,你放心吧,我很好。"

小岚点点头:"你和晓星再吃一片晕船药吧,之前吃一片不够分量的。"

苏苏嗯了一声。

小岚说:"我回驾驶室了,你照顾好晓星晓晴,也照顾好自己。"

苏苏很乖地应道:"小岚姐姐,我会的。你快去帮龙哥哥吧!"

小岚回到驾驶室时,龙一回头看看她,见她脸色青白青白的,便说:"你也下去躺躺吧。"

小岚摇摇头,说:"不行,万一有什么事,你一个人怎能应付呢!我没事,我还挺得住。"

小岚一直没向龙一表明身份,龙一也没有问,但直觉上知道这不是一个普通的女孩子。她的深明大义,她的临危不惧,她的气质,都不是一般女孩子能有的。

风继续吹,附近不见船只,可能接到风暴警告后都找避风港去了。墨一样的大海和天空中间,前进号就像一片树叶,在浪里被抛来抛去,危险万分。

突然,仪表板上有盏灯亮了,红色的,在一闪一闪。

风雨中的一艘船

"船舱进水了!"两个人异口同声喊了起来。

龙一皱了皱眉头,对小岚说:"小岚,现在船只是自动导航,你在这里监察着仪表便行。我下去看看。"

小岚点点头,又说了一声:"小心!"

小岚一个人留在驾驶室,看着外面一个又一个打过来的浪,心里有点焦急不安。船舱进水,可大可小,如果洞口不大的可以很快堵上,但如果洞口太大,就只能弃船了。

弃船?!小岚望了望外面的风浪,不禁摇头。弃了船又怎样,大海茫茫,根本看不到岸。这时,又一个大浪打向船只,小岚一个趔趄,要不是她眼疾手快抓住一个铁把手,准会重重跌一跤。

一个小时过去了,龙一还没有回来,小岚不禁有点焦急。正在这时,仪表板上那红灯变回绿色了,这说明进水已受控制。龙一堵漏成功了,小岚这才松了一口气。龙一,好样儿的!

驾驶室的门被人推开了,龙一走了进来。他浑身湿漉漉的,好像刚从水里爬上来似的。脸上黑一块白一块,成了大花脸。

"漏洞堵上了,幸亏洞不大。"龙一放下手里的工具,又用手擦了擦脸上的水。

这一擦,脸上更脏了。小岚想笑又忍住了:"你快去洗把脸吧!"

龙一知道自己脸上一定不好看,便嗯了一声,跑进盥洗室。几分钟后跑出来,又是帅哥一位了。

龙一仔细观察了一会外面的情况,脸上露出了一丝欣喜:"风暴不会再加强了,接下来应会逐渐减弱,我相信这艘船能挺过去。"

"真的?"小岚十分高兴,她对龙一说,"谢谢你!这次要不是有你,我们一定徒劳无功。"

龙一笑笑说:"其实是我要谢谢你呢!谢谢你给了我一个为国效劳的机会。"

小岚扑哧一笑:"好,那我们就不再谢来谢去了。我们都是在做一件分内事。保卫国土,人人有责!"

果然如龙一说的,海上风暴慢慢减弱了,小岚开心得朝龙一竖起大拇指:"你真是料事如神呀!"

龙一笑笑说:"我常常出海,见得多了,懂点皮毛而已。"

小岚说:"有了你,我想,我们一定能完成任务!"

不知不觉,黑云开始消散,天空变成了墨蓝色;浪也

风雨中的一艘船

开始平息,仿佛一头咆哮了一夜的猛兽,终于疲倦地伏下了身体。

小岚和龙一两人相视而笑,他们终于战胜了风暴这只拦路虎,离成功又前进了一步。

小岚心情一放松,瞌睡虫就袭来了,她趴在桌子上,竟发出了微微的鼾声。

龙一看着她恬静、纯真的脸,不禁怦然心动。美丽、勇敢、自信,自己以前还从没见过这样完美的女孩呢!他脱下自己的外衣,轻轻披在小岚身上。小岚似乎有所察觉,长长的睫毛抖了抖,又继续沉睡。

龙一稍微调整了一下速度,让船行驶得更平稳些。

第10章
遇到黑国巡逻舰

小岚醒来时,发现天已大亮。船在一望无际的大海上稳稳前进着。

龙一见到她醒了,便笑着问:"睡得好吗?"

小岚不好意思地说:"还说要当你助手呢,竟然睡着了。"

龙一说:"不要紧,反正风平浪静的。"

小岚说:"你一夜没睡,去休息一下吧!"

龙一的确也感到疲倦了,便说:"好的。现在离千沙岛还有半天航程,我去睡一会儿。"

龙一刚离开,晓星就揉着眼睛走进了驾驶室:"小岚姐姐,你还在忙啊!唉,我昨晚一晚上都睡不好,老做噩梦,就像一直在游乐园坐海盗船似的,总是晃呀晃的。我还梦见自己吐惨了,早上起来浑身没劲。"

小岚哭笑不得。船在危险中走了一夜,这家伙却以为是做梦。

苏苏在晓星后面走了出来,她说:"晓星哥哥,不是做梦呢!是真的船在晃,你昨晚吃的东西全都吐出来了。"

晓星一听,说:"啊,原来是真的!那我真亏大了,昨天吃了那么多好东西岂不全浪费了?小岚姐姐,我要吃早餐补一补!"

小岚说:"看你那馋样!快去洗脸刷牙,然后去餐厅自己弄吧!方便面、鸡蛋,有很多。"

晓星苦着脸说:"啊,要自己动手做呀!"

小岚瞪他一眼说:"又懒又馋,没救了。"

苏苏说:"晓星哥哥,我会煮方便面,我帮你弄吧!"

晓星高兴地说:"好,谢谢苏苏!牛肉味的,放点葱,加一个太阳蛋。"

晓晴不知什么时候也到驾驶室来了:"晓星,你很会使唤人呵!苏苏是你的侍女吗?"

说完又在苏苏耳边说:"不过,反正你要帮晓星煮,那也替我弄一份吧!"

"晓晴姐姐,没问题。"苏苏爽快地答应了,她又对小岚说,"小岚姐姐,我也帮你煮一份。"

小岚说:"谢谢,苏苏真乖!"

苏苏高高兴兴地跑到厨房去煮早餐了。晓晴和晓星悠闲地在驾驶室看风景。

小岚看了他们一眼说:"你们是不是有点过分。昨晚苏苏服侍了你们一夜,又是斟茶递水又是替你们清扫呕吐物。你们倒好,早餐也要人家小妹妹弄。真好意思!"

那两姐弟吐了吐舌头,吱溜一下溜走了。想来是去厨房帮忙了。

两小时后,船已驶入千沙岛附近海域,小岚心里不由得有点紧张,这里常有黑森国船舰出没,希望不会遇上。

这时,龙一进来了,小岚笑着问:"睡得好吗?才两小时,你挺得住吗?"

龙一伸展了一下身体,笑着说:"本人现在老虎也可以打死一只!"

小岚笑了,她指着桌上的一个保温瓶,说:"苏苏给你煮的面条,还热呢,快吃吧!"

龙一吃完早餐，便接替小岚监视前方。

一路上，风平浪静，广阔的大海上一望无际，没有其他船只。小岚暗自祈祷：保佑我们顺利登岛，顺利找到证据吧！

龙一突然指着远处，兴奋地喊道："小岚，你看，千沙岛！"

千沙岛！多少次从图片上、视频里看过她美丽的模样，今天终于看见她的真面目了！

小岚心里呐喊着：千沙岛，美丽动人的千沙岛，我来了！我要把你带回祖国的怀抱！

龙一在一旁也十分激动，他心里默默地说："海尔老师，学生要登上千沙岛，要完成您未了的心愿了，请保佑学生吧！"

小岚跟龙一商量了一下等会登岛的事情，就到甲板上找晓晴他们去了。

甲板上，晓晴正在躺椅上晒太阳，晓星和苏苏两个人扶着围栏，边看船尾飞着的几只海鸥，边叽叽喳喳地说着话。

晓星说："苏苏，你知不知道海鸥对航海者有什么作用吗？"

苏苏说:"什么作用?"

晓星得意地说:"天气预报的作用。"

苏苏惊讶地说:"真的?"

晓星说:"是啊,你没听小岚姐姐说吗,如果海鸥贴近海面飞行,那么未来将是晴天;如果海鸥沿着海边徘徊,那么天气将会逐渐变坏。如果海鸥离开水面,高高飞翔,成群结队地从大海远处飞向海边,或者成群聚集在沙滩上或岩石缝里,就预示着暴风雨即将来临。"

小岚听了,心想,这小子记性还真不错,自己跟他说了一次,他竟可以一字不漏地背出来了。

小岚坐到晓晴身旁,又朝晓星两人喊道:"喂,你们过来,我们商量一下等会儿怎样登岛。"

晓星一听忙拉着苏苏过来:"好啊好啊,研究登岛方法去啰!"

小岚拿出平板电脑,在千沙岛的平面图上指点着。

"千沙岛四面基本上都是笔直的悬崖,只有一个地方是可以登岛的沙滩,就是这里。"她指指平面图上一个地方,又说,"所以,我们抢滩的地方,只能在这个地方。"

人家都点着头,表示明白。

小岚说:"我们要顺利登上海滩,可能也不容易。大

捍卫国土的公主

家都在新闻报道里看过'泰山一号'的事,黑森国有巡逻船经常在千沙岛附近海域巡逻,如果倒霉碰上他们,就很麻烦,有可能像'泰山一号'那样,被拦截,甚至被无理逮捕……"

晓星说:"我不怕,不怕抓,不怕坐牢。"

苏苏说:"我也不怕!"

晓晴犹豫了一下:"我本来是不怕坐牢的,但不知道黑森国的监狱会不会有老鼠和蟑螂……"

晓星拍拍胸膛说:"姐姐,不用怕,有我呢!我会帮你打跑那些老鼠和小强的。或者,我们可以带上'虫必清',我刚才见到在船舱里有一瓶。"

苏苏说:"晓晴姐姐,我不怕,我帮你吓跑他们。"

小岚哭笑不得:"喂喂喂,我只是说'有可能',你们就连怎样打监狱里的老鼠也想到了!"

晓晴说:"对对对,不会发生些事的。我们运气好,不会像'泰山一号'那样倒霉的。"

正在这时,晓星突然发现了什么,他站起来指着右边海面,喊了一声:"有情况!"

几个孩子呼啦一下站了起来,朝着晓星手指的地方望去。

遇到黑国巡逻舰

果然,右方远远出现了一艘船。

大家一下子紧张起来。晓晴说:"会不会是来捕鱼的渔船?"

小岚说:"这片海域向来敏感,渔民都不敢来捕鱼。"

晓星说:"或者是货船?"

小岚说:"那就更不会了,这里并非货运航道。"

晓晴惊叫一声:"啊,莫非是黑森国政府的巡逻船!"

这时,又听到苏苏喊了一声:"你们看,左边也有一艘船呢!"

大家朝左边看去,果然看见左边也有一艘外形相同,大小也一样的船。

小岚跑回驾驶室,告诉龙一:"左右方发现有船。"

龙一说:"小岚,我刚想找你。我刚才用望远镜看了,发现两艘船的船身上都有一个橙色的乌龟标志,正是黑森国的海上巡逻舰!"

啊,真是倒霉,竟然如"泰山一号"般,碰上了黑森国的巡逻舰了。

晓晴姐弟和苏苏也跑进来,大家看着小岚:"怎么办?"

小岚说:"既来之,则安之。马上加大船速,在他们靠近之前抢滩登岛!"

第11章
土豆砸向大坏蛋

"前进"号以最快的速度向千沙岛驶去。

显然那两艘巡逻舰也发现了"前进"号，只听到左边那艘船有人用高音喇叭叫喊："前面船上的人听着，你们已经入侵了黑森国海域，你们马上离开，马上离开！"

晓星气极了，他跑进船舱，也找来一个高音喇叭，喊道："黑心政府和黑心巡逻船你们听着，这里明明是乌沙努尔海域，怎么变成你们的了！你们颠倒黑白、混淆是非、胡搅蛮缠、胡说八道、胡作非为、胡天胡地……"

苏苏抢过喇叭，也喊道："黑森国，黑心鬼，等会跑出来一条大鲨鱼把你们一口吞了！"

晓晴没吭声,有点害怕地看着那两艘船。

小岚拍拍她肩膀,说:"别怕,正义在我们这边,他们才是擅闯别人国土的入侵者。"

晓晴抓紧小岚的手,说:"好,我不怕!"

"前进"号飞快地朝着千沙岛开去,而两艘巡逻船也飞快地向着"前进"号开来。在离海滩几十米远的地方,两艘船一左一右把"前进"号夹住了。

只见两艘巡逻船都比"前进"号大上几倍,"前进"号被夹在中间就像两条大鲨鱼夹着的小鱼儿。

可以清楚地看到,两艘船上都站着几十名荷枪实弹的黑森士兵,一个胖子正用沙哑的声音朝小岚他们喊话:

"'前进'号上的人听着,你们快掉头驶走,否则我们会行使领土权,把你们逮捕……"

小岚怒不可遏,举起喇叭,义正词严地说:"黑森巡逻船听着,这里是乌沙努尔领海,你们入侵我国神圣领土,还贼喊捉贼,实在无耻。告诉你们,乌沙努尔人不可侮,乌沙努尔领土不容侵犯,你们马上放下武器,迅速离开,并马上释放六名'保千'人士,否则我们对你们绝不客气!"

晓晴和晓星、苏苏也大声喊叫:"黑心鬼滚回去!黑

心鬼滚回去!"

船上的人看着四个毫无惧色的孩子,都呆了,愣愣地站着,不知怎样才好。

那个喊话的胖子突然抱上来一条粗粗的水龙头,猛地朝着小岚他们喷水。手臂般粗的水柱喷来,孩子们瞬间浑身湿透。晓晴站不稳,竟跌倒在地。小岚赶紧去扶她。

水柱停住了,胖子又大声喊道:"你们走不走,不走再喷水。"

晓星大骂道:"黑心鬼,连小朋友也欺负!你们不是人,你们是黑心鬼,你们连鬼都不是,是狼,黑心狼!"

胖子恼羞成怒,举起水龙头又想喷。正在这时,一个圆圆的东西向他砸去,"砰"!正中他的脸上,胖子哇地叫了一声,直挺挺向后倒去。

原来是龙一,他把一箩筐的土豆都拿到甲板上来了。刚才正是他把一个土豆扔过去,掷中了那家伙。

龙一说:"快来拿土豆砸这些黑心鬼!"

孩子们欢呼着,一人拿起一个土豆,朝左右两艘船猛砸过去。一时间,那些士兵被土豆砸得抱头鼠窜、狼狈不堪。

"快躲啊!"有人喊了一声,于是巡逻船甲板上鸡飞

狗跳,瞬间只剩下几个人。

小岚见是个大好机会,急忙喊道:"别扔了,大家快跳水,游去沙滩,登岛!"

扑通扑通,五个人瞬间跳到水里,又向沙滩上游去。只听得巡逻船上有人声嘶力竭地叫道:"快,快抓住他们!"

龙一带头,小岚紧跟,五个人很快游到海滩,爬了上去。

但是,大家马上惊呆了。只见那条仅有的海滩路上,十多条狼狗正凶神恶煞地守在那里,一见他们要上滩,便狂吠着扑过来。

小岚大喊:"快走!"

五个人慌忙跳回水里。幸好那些狼狗不会游泳,要不就麻烦了。

小岚说:"我们先游离船上那班人的视线再说。"

这时,又听到巡逻舰上有人用沙哑的声音大喊着:"快开船,追上他们!"

那是胖子的声音。

又有人说:"长官,我们刚才太靠近浅滩了,船退走有点麻烦。"

胖子怒吼道:"快给我搞定它,耽误了要你的命!"

"长官,不怕,他们离了船,又没法上岛,他们靠自己游泳游不了多长时间的。海水那么深,他们游不动时就会淹死。"

胖子奸笑着:"哈哈,他们一个都别想活。我们立大功了!"

小岚他们气得咬牙切齿。

五个人沿着岛边拼命游啊游,终于离开了那些人的视线。小岚问:"龙一,还有没有别的可以登岛的地方!"

龙一摇摇头:"除了刚才那海滩,四周全是峭壁悬崖。"

小岚说:"他们的船一弄好,很快会追上我们的,我们不可以让他们抓住!得想办法尽快登岛。"

这时,一直静悄悄地跟在他们身边的苏苏插了一句:"小岚姐姐,我有办法登岛。"

"啊,真的!"小岚大喜。

苏苏说:"我可以选一处容易爬的峭壁,爬到岛上。"

龙一说:"这峭壁太陡了,很难爬上去的。"

苏苏说:"我能爬。之前在南非,我们开门就是山。

因为平常没什么好玩的,我和小朋友们就常常比赛攀爬,不管什么悬崖峭壁,我们都爬过,而我常常拿第一呢!"

晓晴说:"苏苏,那也只能你一个人爬上去呀!我们呢?我们怎么办?"

苏苏说:"我每次爬山都会带根绳子。刚才,我也习惯地拿了根绳子……"

苏苏说着,指了指她的腰。大家一看,果然见到她的腰间缠了一圈圈的绳子。

小岚高兴极了:"太好了!苏苏,你真是太聪明太有远见了!等会儿你爬上山后,就把绳子绑好,我们拉着绳子爬上去就行了。"

龙一也一脸兴奋,他四周看了一下,指着前面不远处说:"这里好像相对容易爬,又不算高,看上去只有十米左右。苏苏,万一半途脱手掉下来,你要保护好自己,尽量让自己掉进水里……"

苏苏说:"好的。放心吧,我能爬上去的,比这还陡的我都爬过呢!"

五个人很快游到龙一说的峭壁下面,那里刚好有块大石头,一半在水里一半露出水面,五个人赶紧爬到石头上。

捍卫国土的公主

苏苏甩了甩手上的水,对小岚说:"小岚姐姐,我上去了。"

小岚说:"好,苏苏,你千万小心!"

"知道!"苏苏应了一声,就用手抓住长在峭壁上一些植物,开始攀爬了。

其他四个人都仰起头,提心吊胆地看着她。

峭壁上,能落脚的突出点并不多,苏苏很多时候是抓着那些藤蔓,一荡一荡地往上爬的。那些藤蔓都是细细的,看上去十分脆弱,幸好苏苏人小身体又轻,才勉强承受得住重量。不过,也有一次藤蔓断了,苏苏差点掉了下来,幸好她身手灵敏,赶紧抓住另一根藤蔓,才稳住了身体。

就这样惊险地爬呀爬呀,苏苏终于爬到了崖顶。

苏苏,好样的!大家都高兴得直想欢呼,但又怕惊动敌人,只好把欢呼声吞回去。

苏苏爬上去后,找了一棵树干粗大的老树,把绳子在树干上绕了个圈,又打了死结,然后把绳子的一头扔下去。她探头往下望,打了个手势。

小岚知道她准备好了,便说:"好,我们可以爬了。绳子不好爬,手劲和腿劲差一点都爬不上去。龙一先上

吧,你上去以后,可以帮忙把我们拉上去。"

龙一说:"好,没问题!"

龙一有根绳子,爬起来比苏苏顺利多了,他很快便爬到崖顶,绳子又被放了下来。

小岚抓住绳子,说:"晓晴,你上吧!"

晓晴拼命摇头,苦着脸说:"小岚,我不行的,我爬不上去的。"

晓星说:"姐姐,你胆子好小啊!那你就等着被黑心鬼抓吧!"

晓晴瞪他一眼:"住嘴!"

小岚说:"我帮你绑好绳子,让龙一拉你上去好了。"

晓晴让小岚把自己绑好,她抬头看了看上面,又说:"天啦,峭壁上又是石头又是树枝,我的脸会被划花的,我会变丑女的!"

小岚有点生气:"你要命还是要美!"

她看了看晓晴身上,说:"你把外衣脱下来。"

晓晴说:"干什么?"

小岚说:"帮你护脸呀!"

晓晴只好脱下外衣,交给小岚。小岚把衣服往晓晴脸上一蒙,又松松地打了个结。晓星取笑说:"姐姐,你现在没脸见人了。"

晓晴被衣服蒙住脸,无法发作,只好在衣服里骂了一句:"等会儿再收拾你!"

小岚哭笑不得,都什么时候了,还斗嘴!

龙一一下一下地,把晓晴拉上去了,小岚这才松了口气。在这个小团队里,她最担心的就是这娇小姐。

绳子"嗖"一下又落下来了。小岚对晓星说:"晓星,轮到你了。来,我给你绑绳子。"

晓星却摇头说:"不,女孩子先走,我最后上去。"

这时候,听到机器开动声,啊,有船驶来了。一定是黑心鬼把船驶离浅滩,向他们追来了。

小岚一把抓住晓星胳膊,说:"没时间了,别跟姐姐争,快上去。"

小岚不由分说,把绳子往晓星身上一套,又朝上面做了个"OK"的手势。晓星还想说话,但绳子已经把他吊起来了。晓星望着越来越远的小岚,着急地喊着:"小岚姐姐,小岚姐姐……"

"嘘——"小岚警告晓星。

声音越来越近,小岚想,不能让巡逻船知道他们登岛

捍卫国土的公主

了。要是自己来不及上去,就只好跳进海里,绝不能让他们抓到自己,也不能让他们发现崖顶上的人。

龙一他们也听到船驶近的声音,绳子很快又扔下来了,小岚迅速把绳圈往自己身上一套,绳子马上向上升去,一下,又一下,船的声音来越近,似乎来到身边了,小岚紧张地望着下面,要是这时船一转弯,就很可能看到自己……

天哪,看见船头了,船驶来了……

这时,小岚被一下拉上了崖顶,拉着绳子的四个人也随即倒在地上,呼哧呼哧地喘气。

透过掩映的树叶,他们看到那两艘船一前一后,进入了视线。

好险!要是慢了那么一点点,小岚就让他们发现了。

第12章
"进口"公司总裁

"哇,我们登岛了,我们登上千沙岛了!"晓星欢呼着。

小岚"嘘"了一声,又说:"别太大声,那边沙滩上有群狼狗,它们的听觉和嗅觉都很灵的,小心别让它们听到。"

晓星伸了伸舌头。

小岚看了看天色,只见天色昏暗,夜幕快降临了。她跟龙一商量,说:"我们能连夜搜索吗?不知道这千沙岛地形怎样,路好不好走。"

龙一说:"我看还是别那么冒险。这种很久没人住的海岛，路一般都不好走，或者有些地方根本没有路。另外也不知道岛上有没有伤人的野兽。我们还是先找个避风的地方安顿下来过一晚，明天再进行搜索吧！"

"好，就这么办。"小岚点点头，又对晓星说，"你去附近看看，有没有可以住宿的地方，我们要在这里住一晚。"

"好！"晓星跑开了，一会儿他跑回来，兴奋地说，"你们快来，我找到一个好地方。"

晓星带着大家走进一个山洞。洞不深，大概只有五六米左右，但遮风挡雨已足够了。

晓星在洞里上蹿下跳的，十分兴奋，不停地问大家："这是我发现的呢！厉害不？"

其他人都只顾清扫地方，没人理他。洞里不知多少年没人进来过，地上有很多泥土，还有杂七杂八的树枝，大概是刮风的时候被吹进来的。

晓星见没人理睬，便拉住苏苏："苏苏，你快说，我是不是很厉害，我发现了一个这么好玩这么神秘的山洞。"

苏苏朝他咧嘴一笑，说："是，晓星哥哥你好厉害啊！"

晓星得意地说："那还用说！"

晓晴睨了弟弟一眼："哼，哪有人自己讨称赞的。瞧你那得意样！"

"本来就值得称赞嘛！要不是我找到了这个好地方，你们今晚还得在露天睡觉呢！"晓星眼睛骨碌碌转了一圈，"咦，对了，新发现的小行星都可以用发现人名字冠名呢，我发现了这山洞，也可以把这命名为'晓星洞'。哈哈，真好听，'晓星洞'！"

晓晴说："星你个头！我认为叫'五侠洞'好，五侠闯千沙，最合适不过了。"

"同意！"

大家都举起了手，晓星只好嘟嘟囔囔地自我安慰说："'五侠洞'就'五侠洞'吧，我有五分之一，也不错哦！"

过了一会，晓星说："小岚姐姐，我的肚子抗议了，该吃晚饭了。"

经他一提醒，大家都停下手来，肚子的确饿了。

"啊，东西全在船上！"晓晴突然惊叫起来。

大家都呆住了。

"天哪，我可爱的方便面啊！我心爱的巧克力啊！"晓星沮丧得有如世界末日。对于这馋猫来说，吃比什么都重要。

小岚说:"没什么大不了!等天黑了,我们回到船上拿。"

"对啊,回船上拿!"晓星一听又开心起来了,"小岚姐姐,我帮你扫地。"

他折来了一根挂满枝叶的枝丫,使劲地扫着,却不管扬起了漫天灰尘。

"咳咳咳……"晓晴被灰尘呛得直咳嗽,"你这坏家伙……咳咳咳……好事不做……"

小岚一把夺过晓星的"扫把",说:"你出去侦察一下敌情吧,看看黑森国那两艘船走了没有。"

"侦察敌情,这任务好重大啊!"晓星夸张地睁大眼睛,朝小岚敬了个警队礼,"长官,坚决完成任务!"

说完,"砰砰砰"跑出了山洞。

一会儿,晓星紧张兮兮地跑回来了:"不好了!不好了!"

大家都停下手,看着他。

晓星拉着小岚往外面推,说:"小岚姐姐,你们快去看看!"

大家都莫名其妙地跟着他走到山崖边。朝晓星手指的

地方一看,啊!大家都愣了。

只见两艘巡逻舰开走了。这是好事啊!

其中一艘巡逻舰后面拖着一艘船——那正是他们的"前进"号。啊,大大的坏事!

晓星又再悲鸣起来:"天哪,我可爱的方便面啊!我心爱的巧克力啊!"

小岚和其他小伙伴面面相觑,他们想到的是更严重的问题——船没了,他们回不去了。

小岚首先打破了沉闷,她说:"嘿,既来之则安之。我们该干什么就干什么,等找到了证据,我们再想办法回去。"

晓晴一脸恐慌:"小岚,真的能回去吗?我不想被抓住,不想进有蟑螂的牢房。"

小岚说:"你相信我。我们一起经历了那么多灾难,最后还不是平安回家?"

晓星忘了他的巧克力了,凑过来说:"对,天下事难不倒马小岚嘛!我相信小岚姐姐。"

苏苏说:"我也信!"

晓晴眨眨眼睛:"嗯,我当然信小岚!"

龙一笑着说:"我从来都不怀疑。"

捍卫国土的公主

小岚说:"那好,那我们——无畏无惧,找到证据!"

大家一下子信心满满的:"无畏无惧,找到证据!耶!"

不过,晓星很快又苦口苦脸地说:"可是,没有美食的鼓励,我哪有力气去寻找证据呢?"

"放心,有山在,就饿不死你,山上宝贝多着呢!我现在就出去找找,保证你有东西充饥。"小岚又对晓晴说,"你带着他们继续打扫,我去找吃的。"

龙一怕小岚一个女孩在荒山上行走有危险,便说:"我陪你去吧!"

小岚笑着点点头:"我就在附近找,没事的。不过你一块去也好,你可以做苦力,帮忙把东西拿回来。"

小岚和龙一刚走出洞口,晓星就跟着跑出来了,说:"等等,小岚姐姐,我也要跟你去寻宝!"

小岚说:"不行!"

"小岚姐姐,你是怕我把找到的东西吃光吧!"晓星发誓说,"我保证不偷吃。"

小岚心想,这家伙不可信,等会见到吃的他肯定连自己姓什么都忘了,还记得发过什么誓吗!

想了想，小岚说："晓星，我不带你去是想让你留下来保护两个女孩子。你是个了不起的小男子汉，一定能保护好晓晴和苏苏的，是不是？"

晓星一听马上直起腰："当然！我一定会保护好她们。小岚姐姐，你放心去吧！"

小岚笑嘻嘻地表扬说："晓星真乖！"

"本来就是嘛！"晓星得意之极，回头对那两个正忙着的女孩喊道，"喂，小岚姐姐交给我一个很重要的任务，就是保护你们。我来了！"

千沙岛是个无人岛，所以挺荒凉的，路也不好走。当然啦，俗话说路是人走出来的，既然没人走，当然就路不成路了。

但正因为荒凉，正因为是无人岛，岛上特别幽静，空气特别清新，在这静谧的环境里走着，还挺舒服的。小岚借着白日余下的一点微弱光线，在草丛里搜索着。突然，她停住脚步，高兴地喊了起来："龙一，快来！"

她弯下腰，在那丛植物中摘了一串野果，只见上面长了十几个红彤彤、鲜艳欲滴的小圆果子，漂亮极了！小岚摘下一个放进嘴里，又扔了一个给龙一，龙一接过放进嘴里，一咬，咦，还很甜呢！

捍卫国土的公主

龙一惊喜地问:"这叫什么?又漂亮又好吃!"

小岚边咀嚼边回答:"它叫蓬。"

小岚找来了一片阔大的叶子,折成一个袋子,把蓬摘下放进去。龙一也上去帮忙,很快,草丛中的蓬摘光了,那个"树叶袋子"也装得满满的。

"拿好,别散了。"小岚把装着蓬的"树叶袋子"往龙一手里一放,又往前走了。

龙一笑笑,捧着东西跟在她后面。不知怎的,他跟这女孩在一起时心情特别愉快,心甘情愿地做她吩咐的任何事。

小岚走着走着,在一棵树下停住脚步。她抬头看了看,对龙一说:"你再去找一块大叶子来。"

"哎!"龙一把手里的东西放在草地上,又找了一块大叶子回来,回来不见了小岚,正惊讶间,听到头顶上有人"嘻嘻"地笑着。

龙一抬头一看,见到小岚坐在树上,正笑呵呵地看着他。

"啊,你怎么爬树上了?小心点!"龙一惊讶地看着小岚,没想到还有城市女孩会爬树的。这小岚,真让人刮目相看。

小岚笑道:"我来找吃的,爬树也当然是为了吃的了。这是一棵桑树,果实叫桑葚。桑葚可好吃呢!"

龙一看着小岚,笑着说:"小岚,你还什么都懂呢!"

小岚笑笑,心想:什么都懂的是万卡哥哥。这些都是跟万卡哥哥去爬山时,万卡哥哥告诉她的。

小岚说:"你把叶子放在地上,我把桑葚扔到上面。"

话音刚落,一个紫色的果实便从树上扔了下来,不偏不倚落在叶子上。接着,扑扑扑扑,叶子上很快铺满了桑葚。连草地上也落了很多。

小岚吱溜地从树上滑下来,和龙一一道把草地上的桑葚放进阔叶子里,两人高高兴兴地往回走。半路见到一条清澈的小溪,两人又停下来,把采到的果子洗干净。

老远看到晓星挂着根粗树枝,像哨兵一样站在门口。一见到小岚和龙一回来,他两眼放出光芒,扔了树枝冲过去:"小岚姐姐回来啰!小岚姐姐,龙哥哥,找到什么好吃的?"

当晚,大家饱餐了一顿"果子宴",都吃得挺满意的。晓星是有名的"垃圾桶",什么都可以吃一顿;苏苏自小在南非部落,早就习惯了;连挑剔的晓晴,都满意地说这些果子不错,还可以减肥。

晓星边吃边大发谬论,说以后可以在千沙岛设一个野果出口公司,源源不绝地把野果采回去卖,做一本万利的生意,他做总裁,小岚做副总裁,晓晴和苏苏做销售经理……

小岚见他把果子一个接一个放进嘴里,便故作认真地说:"我倒觉得你当野果'进口'公司总裁比较胜任。"

大家看着晓星被果子塞得鼓鼓的两腮,都很想笑。偏偏晓星仍傻呼呼地追问着:"为什么?小岚姐姐,为什么你觉得我适合当进口公司总裁?"

大家实在忍不住,"轰"一声笑了起来。

第13章
小白耳骗走的黑森兵

天刚亮,小岚就把大家叫起来了。

用山溪水洗了脸,大家又饱餐了一顿野果子,把昨晚剩下的全吃光了。晓星用舌头舔舔嘴,说:"小岚姐姐,我还想吃!"

小岚说:"山上有的是,等会我们去找证据时,沿途都有。你只需伸手摘便是。"

晓星十分雀跃:"哇,真是开心死了。"

晓晴说:"就知道吃!别忘了我们来这里的目的。"

晓星说:"姐姐,你别冤枉人。我是找证据第一,吃第二。"

捍卫国土的公主

小岚说:"好啦好啦,准备出发了。争取一天之内走遍全岛。我们的主要任务是,找到那块凿有字的大石。"

之前小岚已把龙一老师的发现告诉大家了,所以大家都明白搜寻的目标是什么。一行人出发了。

千沙岛才五平方公里,范围不算大,大家都以为一日时间足够了,但他们走了一小段路后,就发现困难了。正如龙一说过的,这些无人岛,路特别难走,可不,一路上坑坑洼洼的,一不小心就会扭了脚。有时还会遇到一道深沟拦路,要绕一个大弯才能往前走。

走到中午,还没发现大石的踪影,也没发现有其他什么可供鉴证的古文物。小岚看到除了龙一之外,其他人都累了,便说:"大家休息一会儿吧!吃点东西再走。"

晓星一听便又来劲了,他说:"小岚姐姐,这次由我来采果子。"

晓星说完,拉着苏苏撒腿跑了。

不一会儿,两人就一人捧了一大把野果回来,全是熟透的。看来这岛上真盛产野果呢!

大家饱餐一顿之后,又开始搜索了。

突然,晓星喊了声:"跳跳!跳跳!"

跳跳?大家马上想起了苏苏带给他们的那只小松鼠。

顺着晓星手指的方向看去，啊，果然见到一只褐色的小松鼠用手抱住树干，正用亮晶晶的眼睛看着这班"不速之客"。

晓星说："是跳跳，真的是跳跳！怎么跳跳跑这里来了？"

晓晴弹了晓星一个脑奔儿："什么跳跳！笨！你以为它那么厉害，会自己坐飞机，自己游泳，然后登上千沙岛吗！"

晓星嘟着嘴摸着脑袋，说："它们真的很像嘛！"

苏苏建议说："咱们把它带回去，让跳跳有个伴。"

"同意！"晓星一听可兴奋了，他从口袋里拿出一个小松果，扔到树下，小松鼠见了，迅速爬了下来，用两只前爪捧起小松果，用大板牙啃着。晓星趁机走过去，一把将它捉住了。

"啊，好可爱！"大家兴奋地围了上去，争着用手抚摸小松鼠，小松鼠用亮晶晶的眼珠看了看他们，竟然不害怕，继续专注地对付手里的小松果。

晓星说："我说得没错，它跟跳跳真的好像呢！黑眼睛、褐色毛……"

晓晴不给他翻案机会："我说你跟苏苏也是长得一样

行不行?你们都有一个脑袋两只手两只脚两只眼睛一个鼻子一个嘴巴!"

我们的晓星同学顿时没词了。

乖巧的苏苏出来打圆场:"我们给小松鼠起个名字吧!"

晓星一下子又兴奋起来了:"赞成!它一身毛茸茸的,就叫毛毛。"

晓晴说:"它的眼睛亮晶晶的,我看叫晶晶好!"

晓星说:"毛毛!"

晓晴说:"晶晶!"

晓星说:"毛毛!!"

晓晴说:"晶晶!!"

小岚说:"这只小松鼠有点特别,它浑身褐色,但却有一只耳朵是白色的,干脆叫它小白耳好了。"

晓星不想让姐姐得逞,晓晴也不想让晓星如愿,便一齐说:"同意,就叫小白耳!"

偏偏还没完,晓晴要抢弟弟手上的小白耳,说要由她照顾。晓星死也不肯,说是他捉住小白耳的。

小岚不耐烦了,一把拿过小松鼠,放进自己的上衣口袋:"还是让我照顾吧!"

捍卫国土的公主

晓星眼馋地看着小白耳,但小岚扭头往前走了,晓星只好苦着脸,跟在她后面。

就这样走呀走,很快走了大半个岛屿了,仍然没发现大石头的踪影,大家都有点急了。

晓晴说:"龙哥哥,那石头真的存在吗?"

龙一也有点焦急,他说:"是老师从一本古籍上看到的。也有可能因为年代太久破碎了,或者被土掩埋了。"

小岚说:"大家不要失望,不是还有小半的地方没找过吗?大家要有信心,龙一的老师是著名的考古学家,他一定是觉得可信,才告诉龙一的。"

苏苏突然紧张地扯扯小岚的衣服,指指前面说:"小岚姐姐,前面有人!"

大家都吓了一跳,这岛上怎么会有人呢!

顺着苏苏的手指看去,只见前面有个山洞,洞口影影绰绰真的好像站着两个人。小岚小声说:"别出声,我们走近一点,看清楚再说。"

大家躲进一处灌木丛,借着灌木的掩护轻手轻脚靠近山洞。越走越近,终于看清楚了,站在山洞口的是两名持枪的男人,看他们的衣着打扮,应该是黑森兵。

小岚压低声音说:"洞口有人站岗,大家想想,这说

明了什么?"

龙一说:"洞里有重要的东西,或者重要的人。"

"嗯嗯嗯。"其他人都表示赞同。

小岚说:"我也这样想。究竟是什么呢?"

正在这时,晓星不小心踩着一根树枝,发出"啪"一声响。

"谁?!"守着洞口那两个人听到了,喊了一声。接着拿着枪朝小岚他们隐藏的地方走了过来。

糟了,要是让他们发现,那就坏大事了。找证据的事无法继续下去,说不定还被无理地抓捕呢!

正在危急时候,小岚灵机一动,她从口袋里拿出小白耳,朝灌木丛外一扔。小松鼠灵巧地着地,又机灵地爬上附近一棵树上去了。

那两人见到小松鼠,停住了脚步。其中一个人说:"该死的松鼠!还以为是刚才那艘渔船上的人登岛了呢。"

"担心什么?刚才总部不是通过卫星电话跟队长说了吗?那帮人是想登岛,但被沙滩上的狼狗赶回水里,之后没了踪影,估计全淹死了。"另一人漫不经心地说,"我们快回去守洞口吧,要是让里面的乌国人跑了,我们就惨

了。"

"才不担心那些人会跑掉呢!一个个都被五花大绑,除非他们会脱身术吧!"

两人边说边回到洞口,重新守在那里。

小岚五个人坐在灌木后面的草地上,晓晴说:"刚才他们说,洞里有乌国人,莫非是我们那六名'保千'人士?"

小岚点点头:"我想是!"

晓星说:"啊,我们马上去救他们。"

小岚说:"不行!我怕万一救不到人而我们又被敌人发现。万一被抓,无法再搜索证据,那就前功尽弃了。暂时不能让敌人知道我们登岛了。"

龙一点头说:"小岚说得对,先找到证据,再想办法救人。我想'保千'人士的安全暂时没问题的,黑森国政府不敢对他们怎样。"

第14章
卖国贼

继续搜索中。

因为知道岛上有黑森兵,他们的行动很谨慎,也尽量不说话。但令人很失望的是,他们已经环岛一周了,仍然没发现那块有字的大石。

已到黄昏,走了一天的路,大家都累极了,五个人围坐在草地上,好像连说话的力气都没有了。

晓星说:"唉,我们的任务失败了。没找着证据,怎么办呢?"

小岚没说话,她心里也挺乱的,找不到证据,就肯定要打仗了。虽然说她坚信乌沙努尔一定会打赢,但是战争

捍卫国土的公主

就是毁灭，就是死亡，她不想走到这一步。

大家见小岚不吭声，心里更加沮丧。

龙一说："对不起，我让大家失望了。"

"你别这样，这不怪你。"小岚说完，又看了看大家，"干吗这么无精打采的呀？我们不会白来的，即使找不到证据，能救出六名'保千'人士，把他们带回乌沙努尔，同样是一件很了不起的事。只要救出'保千'人士，找证据的事，我们慢慢想办法。谎言始终不能长久，真理在我们手里，我们一定能用事实去粉碎黑森国政府的阴谋诡计。"

大家脸上又有了笑容。

小岚说："来，我们开个会，讨论两个问题。第一，怎样救出那六位'保千'人士。第二，没有船没有通讯设备，怎样回去。"

手机没信号，卫星电话又在船上，所以他们根本无法与外面联络。

晓星抢着举手："我说我说！"

小岚点点头说："好，你先说。"

晓星说："他们只有两个人，我们有五个人呢！我们可以借着乱草和灌木的掩护悄悄接近山洞，然后五个人一齐扑上去，我和龙哥哥对付一个，三个女孩子对付一个。

缴了他们的枪,缴了他们的卫星电话,再把他们绑起来。大功告成!"

小岚说:"你以为是拍电视剧吗?这么容易。你没见刚才那两个人,身高有一米八,身子壮得像头牛,而且他们还有枪。"

晓星搔搔后脑勺,说:"那也是。"

龙一说:"或者这样。我们先在路上挖一个陷阱,再在坑的底部放上捕兽器,然后想办法引那两个士兵往那里去,让他们掉进陷阱。如果只成功搞定一个,那也行,我们四个人制服另外一个,胜算会很大。"

"好办法!"大家鼓起掌来。

小岚点点头:"龙一的办法可行。但是,谁会做捕兽器呢?"

苏苏举起手,说:"我,我会!我们在南非部落时,经常用捕兽器捕捉猛兽。我们的材料很简单,用竹子就行。我们的捕兽器特别厉害,十次有九次半都会成功。"

大家都很兴奋,晓星更是高兴疯了,他自告奋勇地说:"那明天我负责把他们引到陷阱那里去!"

苏苏说:"不,还是我去吧!我小时候就常满山跑,小猴子都没我跑得快呢!由我去引他们,保证他们落

网。"

小岚想了想,也觉得由苏苏去比较合适,便点点头说:"也好,那就苏苏去做这件事吧!千万小心点。"

"嗯!"苏苏自信地点点头。

小岚又说:"苏苏引开两个黑森兵后,我们就迅速进洞救人……"

小岚话没讲完,就听到龙一说:"嘘,有人来了!"

大家赶紧屏息静气。果然,听到一阵咔嚓咔嚓脚踩在树叶上的声音。一会儿,见到有两个人从海滩小路上来了。一个手拿着根扁担,一个提着个空箩筐,虽远了点看不清面目,但仍可以肯定这两个人不是刚才守在洞口的那两个。守洞口那两人高矮差不多,都是一米八左右高度,而这两人一个高一个矮。

小岚吓了一跳,心想,幸亏还没去救人,原来岛上还有其他黑森兵呢!

那两人边走边说话:

"那些狗真能吃,每天一箩筐牛肉,都让它们吃得光光的。"

"是呀!得让戴笨旦队长打卫星电话让总部再送食物来,不然的话,我们吃,狗也吃,东西很快就没了。"

"我们前些天是干重活,才吃么多。这些畜生一天到晚只会汪汪乱吠,没功也没劳,却养尊处优。"

"是呀,早些天做苦力挖地三尺,挖了好几处才挖出了那块被埋了半截的大石。"

"其实,我们那政府也真够缺德的,那块大石上明明白白凿着'千沙岛,乌沙努尔的蓝色宝石',旁边还有行小字,写着'多善县长官惠莱于一四零四年立'。连随我们来的那个考古学家宝安作了考证后,都说真是一四零四年留下的东西。这些字,正说明乌沙努尔从六百年前就属于人家乌沙努尔呀!那宝安竟然说奉了森泰郎总理的命令,要我们把大石砸个粉碎,一点痕迹也不留……"

"听说那宝安是乌沙努尔人呢!这人真是个彻头彻尾的卖国贼,连自己国家都背叛……"

听到这里,蹲在草丛中的五个人都恨得咬牙切齿的。原来,龙一老师那本古籍里说的是真的,真有这么一块大石。可惜迟了一步,让黑森国政府破坏了。

五个人之中又数龙一最愤怒,原来黑森兵口中的考古学家宝安,就是他的师兄。真没想到,他出国原来去了黑森国,还把这秘密告诉了黑森国政府。出卖老帅,更出卖了国家。

这时听到有人说:"邱良森,你别再说了。你这番话要是让戴笨旦队长听了去,上报政府,是要叛死罪的。"

"嘻嘻,就因为你是我好兄弟,不会出卖我,我才敢说的……"

两人说着话走过去了。小岚小声说:"计划有变!我们跟着他们,先摸清岛上有多少黑森兵。还有,他们都住在哪里。"

"明白!"

一行五人悄悄地跟着那两个黑森兵,大约二十分钟后,到了关"保千"人士那山洞的附近。

原来这里还有一个山洞。那两人把手里的扁担和箩筐放在洞口,其中一个人朝里面喊道:"队长,我们回来了!"

洞里有一个人走出来,恶狠狠地说:"你们两个臭小子,去那么久,偷懒去了!"

这应该就是那两人口中的戴笨旦队长了。

那邱良森说:"队长,我们没偷懒,是那些狗麻烦,它们一闻到肉味就龇着牙朝我们跑过来,吓得我们扔下箩筐就跑。还是等他们吃够了躺下睡了,我们才偷偷过去把箩筐拿回来。"

戴笨旦队长说:"哼,这次就饶过你们。"

那三个人进洞去了。

现在是见到三个人。但是,洞里还有人吗?

小岚说:"我们兵分两路。苏苏,你和晓晴晓星先去勘探一下,选择挖陷阱的最佳地点。挖掘要在半夜进行,要等那些士兵睡了才行。地点要离这里远一些,免得挖掘时让黑森兵听到。也要离海滩远些,防止那些狼狗听到动静。天黑了,你们抓紧时间,争取在天全黑前回到'五侠洞'。我和龙一去黑森兵住的山洞探探,看他们有多少人。"

小岚和龙一借着掩映的树木,悄悄走近洞口。小心地听了一会儿,里面有说话声,应是士兵在边吃饭边说话。声音很小,听起来隐隐约约的,估计他们在山洞较深的地方。

两人悄悄朝洞里看去,只见狭长的一条路,直通里面,黑咕隆咚的,洞的深处隐约见到有灯光透出。

小岚对龙一做了个进去的手势,龙一点点头,两人悄悄走进山洞。顺着通道走了进去,沿路见到放有许多生活用品,还有几个冰柜。透过玻璃看去,冰柜里面储存了好些即食饭方便面等,还有一个冰柜放满了一块块生肉,想是用来喂海滩上的狗的。

越往里走，人声越来越大，前面有一弯位，小岚相信，弯位里就是黑森兵休息的地方。小岚朝龙一打了个停止的手势，然后悄悄地朝里面探头看去。她在暗处，黑森兵在明处，所以她很容易就看清了里面的情况。只见里面放着几盏露营灯，几个男人坐在地上，一人拿着一盒饭在吃着。

一、二、三，里面只有三个人，就是去喂狗的那两个，还有那队长。小岚放心了，她刚才还担心有很多黑森兵，那他们对付起来就难多了。

小岚还留意到，那里面已是山洞尽头。

她回头向龙一做了个"OK"的手势，两人又悄悄走出洞口。

"里面只有三个人。"小岚告诉龙一。

龙一说："三个加两个，五个黑森兵。这样还好对付。"

"嗯！"小岚点点头。

小岚临走时看了一下洞口，惊喜地发现，那里不但放着扁担和箩筐，还放着挖土用的铁铲和铁锹。应该是他们挖大石头时用过的。

小岚心里暗暗高兴,等会我们挖陷阱时,正好用得上呢!

小岚他们回到"五侠洞"不久,晓晴姐弟和苏苏也回来了。苏苏说,她已经物色了一个很适合做陷阱的地点。

小岚说:"好。我们刚才也进过那黑森兵住的山洞了,里面只有三个人,就是我们刚才看见的三个。连看守'保千'人士的两个,一共五个人。"

晓星说:"五个人?那我们挖的陷阱岂不是要很大才行。"

小岚说:"不,把五个人全引向一个陷阱,恐怕不够保险。苏苏,你还有没有其他方法。"

苏苏说:"在南非部落的时候,我们常做一些绳网,架在野兽走过的地方上空。野兽走过时触动机关,绳网就会落下来,把它们网住……"

小岚点点头,赞许地看着苏苏。

晓星高兴地说:"啊,那我们也可以做些绳网抓黑森兵!"

龙一也说:"这方法很好。"

晓晴问:"苏苏,你会做绳网吗?"

苏苏说:"会啊,我试过用绳网抓了一只野狼呢!"

晓星兴奋说:"苏苏,那这次我们也做绳网,也抓狼,黑心狼!"

"好,就做绳网!"大家鼓起掌来。

小岚又问:"做绳网的材料能解决吗?"

苏苏说:"能。有山就一定有藤,我们可以找一些粗细合适的藤来编网,藤网比绳网还要结实呢!"

小岚很高兴:"非常好!那我们今晚就分成两组,苏苏跟晓晴负责编网和做捕兽器,我和龙一、晓星就负责挖陷阱。我们现在先睡觉休息,大约十一点起来,那时候黑森兵应该睡了,我们就开始工作。一定要在天亮前把陷阱和捕兽器、绳网都准备好,明天我们就开始'捕狼行动',让那些黑森兵落入我们设下的天罗地网。"

大家你看看我,我看看你,都摩拳擦掌,十分兴奋。

"嘻嘻,太好玩了!该死的黑森兵,明天就知道我们的厉害!"晓星乐滋滋的想。

第15章
大笨兵掉进陷阱里

十点半左右,小岚把龙一叫醒了,两人一起出去了一趟。他们悄悄去了关押"保千"人士的山洞,见到两个守洞的人坐在洞口,缩作一团睡着了。又去了黑森兵住的山洞,见到静悄悄的,里面没有一点光,想来里面的人也都休息了。小岚和龙一会心笑笑,两人把放在门口的铁铲、铁锹、箩筐和扁担拿走了。

回到"五侠洞",叫醒晓晴他们,大家很有默契地兵分两路,晓晴和苏苏去找山藤编网,晓星就带小岚和龙一去昨天苏苏选好准备挖陷阱的地方。

小岚和龙一晓星去到挖陷阱处,时间紧迫,龙一二话

不说，拿起铁锹就挖土，而晓星抢着负责把土铲到箩筐里，然后和小岚两人抬到草丛中倒掉。

别看龙一身材瘦削，但还是蛮有力气的，他挥起铁锹，一下一下地很快就挖出了一个大坑。反倒铲土的晓星很快累得抬不起手，小岚要跟他轮换着铲，他开始还死撑着，说什么"男孩子干的活女孩子快走开"，死活不肯，但结果铲得越来越慢，小岚不得不来个硬抢，把铁铲拿到手。

小岚也没干过这种体力活，干一会儿也累得气喘吁吁的，龙一见了，非要她和晓星休息一会儿，自己又是挖，又是铲，又是扛，弄得小岚都挺不好意思的。晓星则极尽"擦鞋"之能事："龙哥哥，你真厉害，你开船很了不起，挖土也了不起，你真是全能的啊！我真是佩服得十体投地了，足足比五体投地多了一倍呢！"

龙一听了哈哈大笑。

小岚弹了他一个脑奔儿，又说："少废话，留点力气干活。"

就这样，他们在清晨五点时，把一个深两米长两米阔三米的陷阱挖好了。

他们回到"五侠洞"时，正好晓晴和苏苏也把藤网和

大策兵掉进陷阱里

捕兽器做好了，大家七手八脚的，把绳网抬到苏苏选定的地方，又在苏苏的指点下，把它布置好。到时只要黑森兵走过这条路，绊到地上那条细藤，整个网便会从天而降，把他们网住。

之后他们又一起去到陷阱处，苏苏找来一根竹子，机灵地滑下两米的深坑，细心地把用竹子做的几个捕兽器安放在坑底。

苏苏让大家把几根长竹子剖得细细的，又是横又是竖的一条条放在陷阱上，又铺上许多枯树枝树叶。因为是个平时没人的荒岛，所以地上本来就铺满了杂七杂八的枯枝叶，所以乍看上去，一点也看不出这下面有个陷阱呢！

大家前后左右看了一遍，见到毫无破绽，才放了心。

这时，天已大亮，大家虽然只是昨晚睡了两个小时，但仍精神奕奕的，所有人都为今天的行动兴奋着。

小岚开始部署一切："大家听好。现在我们分成两个战场，第一战场由我和苏苏、龙一负责，我们去对付那三个黑心兵，把他们引到陷阱里；第二战场由晓晴和晓星负责，你们两人先去关'保千'人士的地方，监视着那两个守洞的。三个黑森兵住的山洞离关人的山洞也有一段距离，估计那两个看守不会发现我们那边的动静。如果他们

不动,你们也就别动,等我们这组完成了任务,再过来和你们会合,一齐对付他们。但是万一我们那边动静太大惊动了两名看守,他们要过去瞧时,那事情就有点麻烦,那就只好由你们想办法把他们引到藤网那里。大家明白没有?"

大家看着小岚,齐声说:"明白。"

"大家要安全为上。好,出发!"小岚发出命令。

小岚和龙一、苏苏往黑森兵休息的山洞走去,三个人一路捡了很多干树枝。远远见到那山洞了,看上去静悄悄的,那三个人应该还没有起床。哈,正是行动的好时机!

小岚等人悄悄走到洞口,放下树枝,龙一掏出打火机,"啪"一声打着火,把那堆树枝点着。那些树枝都很干燥,火"哄"一下就烧起来了,小岚又朝火上扔了几根湿树枝,火马上冒出浓烟,苏苏和龙一一人拿片大树叶,使劲把烟往洞里扇。听见里面有人喊:"妈呀,这么多烟。快逃!"

小岚三个人赶紧藏进了灌木丛。

小岚朝苏苏说:"下面看你的了。我和龙一会跟在后面,如果你有危险,我们会第一时间拼命去救你的。"

苏苏说:"放心!我保证把他们引进陷阱!"

这时,洞里三个黑森兵一个接一个,边咳嗽边跑了出来。

"天啦,谁在这里烧火?"

"这岛上除了我们还有谁呀?"

"莫非是那两个小子?"

"不会吧!他们干吗要这样整蛊我们,想死吗!"

这时候,苏苏从灌木丛中跑了出去,朝那三个人喊了声:"哈哈,是我烧的,想呛死你们!"

说完,撒腿就跑了。

那三个人一见苏苏,马上愣了。他们肯定没想到这岛上还有其他人吧!

几秒之后,他们回过神来了,戴笨旦喊了声:"抓住她!"

三个人朝苏苏追了过去。

小岚和龙一悄悄跟在他们后面,也追了过去。

苏苏跑得好快呀,像只灵活的小猴子,那三个家伙紧紧追着,一边追一边叫道:"站住!站住!"

其中有人从腰上拔出手枪,"砰"的朝天开了几枪。

这时已接近陷阱了,只见苏苏跑到陷阱边缘时飞身往前一跃,一下跃了几米远,然后轻轻落在陷阱对面。

苏苏回身朝那三个黑森兵扮鬼脸:"来呀,抓我呀!

抓我呀!"

黑森兵看清只是个小女孩,都不把她放在眼内,想立功拿奖金,就争先恐后朝苏苏奔去。哈哈,这下子好看了,跑前面的那个黑森兵扑通一下掉进了陷阱,跑第二的那个见大事不好忙站住,但第三个人却不知情况又收不住脚步,把第二个人一撞,于是两人又一齐掉进了陷阱。

马上,坑里发出了哇哇的怪叫声,不知道是摔痛了还是让捕兽器夹痛了。

"哈哈,成功了!大笨兵掉进陷阱里了!"苏苏拍手大笑。

这时小岚和龙一也跑来了,三个人抱在一起,跳呀跳的,高兴死了。

苏苏朝坑里的人说:"你们千万别动,也休想挣脱捕兽器,否则捕兽器会越夹越紧的。"

小岚有点担心晓晴姐弟,说:"我们快去晓晴那里增援,刚才那人开了几枪,我怕会惊动了那两个看守。"

于是,大家顾不上高兴,急忙跑去第二战场了。

跑到关押"保千"人士的山洞口,却不见了看守的两个黑森兵,也不见了晓晴和晓星。小岚他们急了,忙往置放藤网的地方狂奔,大家都害怕晓晴和晓星出事!

还没跑到,就听到晓星得意的笑声:"看你们还敢嚣张,砸死你!砸死你!"

小岚听到,心里石头才落了地。

去到时,见到那两个看守已被藤网网住,两人在拼命挣扎,但怎么也挣不脱。晓晴站在一旁,她仍在喘气,一副犹有余悸的样子。晓星就拿着几块小泥巴,一块接一块地朝那两人扔去。

一见到小岚他们跑来,晓星就丢掉手里的泥巴,跑过来兴奋地说:"小岚姐姐,看我多厉害,不用你们帮手,也把这两个黑森鬼搞定了。"

晓晴说:"喂,还有我嘛!"

"厉害厉害,你们两人都厉害!"小岚说,"我们的第一战场也胜利了。你们这边发生了什么事,说来听听。"

晓星眉飞色舞地说:"我和姐姐在离洞口十来米的地方躲起来,监视着那里的动静,那两个黑森兵一直都坐在洞口打瞌睡。过了一会儿,你们那边传来枪响,那两人醒了,嚷嚷着要去你们那边看看。我怕事情弄砸,就拉着姐姐跑了出来,还故意弄出声响。那两人看到了,就追了过来。哇,好险啊!差一点点就被他们抓住了,幸亏最危险

的时候,我们跑到设了藤网的地方。我拉着姐姐刚跳过了那条连着藤网机关的山藤,这两个家伙就跟着追到了。他们一绊到山藤,那网就掉了下来,刚好把他们网住。"

他又挽起裤腿,指着膝盖说:"你们看,我被这两个家伙追得还摔了一跤,流血了。"

怪不得他刚才一副苦大仇深的样子。小岚看看晓星膝盖,皮擦破了,渗出了血,便掏出手绢,帮他包了起来:"辛苦你了,今天记你一功。等会儿我去采些草药,替你敷上,明天就会结痂。"

他们说话期间,苏苏已走过去把那藤网收紧了,那两人再怎么挣都没法挣脱。幸亏这两人都没带枪,要不然制服他们都有点麻烦。这些家伙,都以为这岛上除了他们就没人,所以都放松了警惕。

小岚说:"好啦,我们现在马上去救那六名'保千'人士。"

第16章
谁老实谁有饭吃

当小岚一行五人走进关押"保千"人士的山洞时,那六个人都呆了,他们万万没有想到会有人来救他们,而且还是一些这样年轻的孩子。他们激动得热泪盈眶,跟小岚他们一一握手、拥抱,场面十分感人。

小岚跟新闻记者莫大明握手时,后者惊讶地扬起了眉毛,他好像认出小岚来了。他突然大喊一声:"您、您不是公主殿下吗?"

这一声叫喊,把其他"保千"人士都引过来了。

"公主?公主殿下?!"那些人都目瞪口呆。因为他们怎么也没想到,堂堂公主,竟会冒这样大的危险,来到千沙岛

拯救他们。

"大家好,大家辛苦了!"小岚本来不想亮出身份,没想到被认出了,只好默认,"我代表乌沙努尔国王万卡,代表乌沙努尔人民,向你们致以最崇高的敬意和衷心的慰问。大家受苦了!"

"谢谢!谢谢公主殿下!"被救的人们又一次流下了热泪。

龙一惊讶地看着小岚,直到这时,他才知道小岚的真实身份。

关押"保千"人士的山洞又湿又有股难闻的气味,小岚忙把他们带到外面。六名"保千"人士被关在山洞里几天,不见天日,脸色都有点苍白,所以一出洞,他们就尽情地呼吸着海岛的清新空气,尽情地享受着温暖的阳光。

小岚又心痛又气愤,该死的黑森国政府,竟然这样对待我们的同胞。

"保千"人士见到小岚对人和蔼可亲,一点公主架子没有,所以也没感到拘束。他们像好奇的小朋友一样,七嘴八舌地问了很多问题,包括他们被捕这段时间发生的事,还有小岚他们是怎样排除万难登上千沙岛的。

小岚刚想开口,见到身边晓星一副忍不住要开口的样

捍卫国土的公主

子,便说:"噢,就让我们的晓星小朋友告诉你们吧!"

晓星正中下怀,便充分发挥他的伶牙俐齿本色,一五一十地把事情经过告诉了他们,包括乌莎努政府怎样强烈要求释放"保千"人士、黑森国政府怎样胡说八道妄想欺骗天下人、乌沙努尔政府怎样准备随时出兵,还有他们五个人怎样上千沙岛搜寻证据、怎样被黑森巡逻舰逼得跳水,后来又冒险攀上千沙岛,还有黑森国政府怎样先他们一步找到证据并毁坏,最后他们怎样设计把岛上五名黑森兵全部抓获……

随着晓星的讲述,"保千"人士一会儿怒一会儿笑,一会儿喊"糟糕"一会儿叫"痛快",全都情绪激昂。

"保千"人士里的领头人杜先生是多善市的议员,他直朝小岚他们伸大拇指:"真没想到,你们五个孩子,竟然斗赢了五个黑森兵,真了不起!"

晓星得意地凑近杜先生,说:"叔叔,我是晓星,是我用藤网网住守山洞的两个黑森兵的。"

杜先生摸着晓星的脑袋,说:"啊,真的?你好厉害啊!"

晓星好得意:"嘻嘻,我都觉得自己很厉害。"

杜先生对小岚说:"公主殿下,现在最大的问题是我们没

有船只,怎样才能跟国内取得联系,让他们派兵来救援呢?这里一般手机都不能打电话,得另外想办法。"

小岚说:"我们知道黑森兵有一部卫星电话,我们现在就去黑森兵住的山洞搜寻。只要找到电话,就可以跟国内联系了。"

一行人浩浩荡荡去到另一个山洞,小岚让"保千"人士在外面休息,她和几个小伙伴进洞里搜索。

可惜,他们把山洞里的东西全翻遍了,也没找到卫星电话!

龙一搜到五把手枪,他说:"我们可以武装起来,保护自己。"

小岚拿起一把手枪,看了看,是德国造P229型手枪,挺轻巧的。她对龙一说:"我和你各用一把。"

她又问杜先生他们:"你们谁会用枪?"

杜先生说:"我们有三位是枪会会员,都会用枪。"

"那太好了。"小岚把另外三把手枪交给杜先生,"你分给他们吧!"

小岚看看手表,时间已是中午,便说:"这样吧,我们先吃午饭,然后再去审问那几个黑森兵,让他们说出卫星电话的下落。"

捍卫国土的公主

　　山洞里有两个冰柜,一个装了好多生牛肉,另一个里面全是些能自动加热的加热盒饭。小岚五人自登岛以后就是吃野果充饥,见到有饭吃,都挺开心的。尤其是号称"吃货"的晓星,手里捧着一盒,身边还放着一盒,还说一定要吃三盒才够。

　　吃过饭,又要马不停蹄做下一件事了。时间不等人,得赶快找到通信器材通知国内,避免万卡救人心切,出兵黑森国。

　　小岚见到杜议员、莫记者等六名"保千"人士都神情疲惫,相信被捕这几天他们都无法很好地休息,就说:"你们几位就在这山洞里休息一下,好好睡一觉,其他的事由我们来办好了。你们尽管放心,我一定会想到办法,带你们回家的。"

　　杜先生点点头,说:"好,谢谢公主殿下!"

　　走出洞口,小岚说:"龙一,你和苏苏、晓晴去绳网那里,把那两个黑森兵绑了,带到原先关押'保千'人士的山洞去。我跟晓星去陷阱那里,审审那戴笨旦队长,让他交出卫星电话。"

　　小岚和晓星朝陷阱走去,远远就听到陷阱里面的三个人在互相埋怨。

　　"你们几个笨蛋,竟然连岛上来了人都不知道。"

谁老实谁有饭吃

"队长,你不是也没发现吗?你是队长啊,队长不是应该比一般队员要聪明能干的吗?你都没察觉,我们就更加不会知道了。"听声音像是那个叫邱良森的人。

"臭小子,你想死啊!竟敢对我冷嘲热讽。"

"不敢不敢。队长,您息怒。"

戴笨旦又骂:"都是你们不好!跑出来时为什么不带枪?啊,为什么不带枪?如果我们有枪,就不怕那些擅自闯入者,我们见一个打一个。"

"队长,您老人家是带枪了,但有什么用?刚才你还不是掏出枪乱打一通,把子弹打光了。没子弹的手枪,那比废铁还不如呢!"

"臭小子,你敢怨我,我回去剥你皮。"

另外一个声音:"算啦算啦,队长,邱良森是无心的,他年轻说话没分寸,您大人有大量……"

"是、是,队长,您就别生气了,生气伤身。"

"该死的,把老子当野兽了。这捕兽器怎么才能拆掉呀,把老子的脚卡得死死的……"那戴笨旦骂骂咧咧的,后来变成了唉声叹气,"唉,好饿呀,早餐午饭都还没吃呢!"

一时间,陷阱里"咕咕咕咕"的肠鸣音此起彼伏。

小岚笑笑,问晓星:"我让你带几个加热盒饭来,带来了

捍卫国土的公主

没有？"

"带来了。"晓星笑嘻嘻地扬扬手里的一个袋子。

小岚说："吊吊他们的胃口。"

"是，小岚姐姐！"

晓星从袋子里拿出一个加热盒饭，拉开塑胶胶条，里面的饭菜开始加热，发出一股香气。

"咦，哪来的香气？"

"肯定是那些袭击我们的人在吃东西。"

"天啊，我更饿了！"

这时，小岚走前一步，看着陷阱里的人。陷阱里的人也看见了小岚，顿时呆了。

没想到把他们弄进这陷阱里叫天不应叫地不灵的人，竟是个美丽的小姑娘。

只见陷阱里的三个人脏兮兮、土头土脑的，正是昨天见过的喂狗回来的邱良森两人，还有队长戴笨旦。

小岚居高临下地看着他们，说："陷阱里的人听着，我们是乌沙努尔公民。你们擅自闯入我国领土，所以，根据乌沙努尔国法第一千零一条，你们被逮捕了。"

戴笨旦立即喊道："你胡说，我们有证据，千沙岛是属于黑森国的，擅入别国领土的是你们！"

谁老实谁有饭吃

小岚冷笑一声："你明明知道，那是你们的黑森国政府说大话，那些所谓证据是假的。你明明见过真正的证据，证明千沙岛是属于乌国的证据，只不过是你不想承认罢了。"

戴笨旦一愣，继而矢口不认："你乱讲！我什么时候见过那样的证据，能证明千沙岛属于乌国的证据！"

小岚说："别装了。不但你见过，其他两个人也见过。二位，对不对？"

小岚锐利的眼神打量着另外两人。

那两个人显然心虚了，尤其是那个叫邱良森的，低着头，脸也红了。

戴笨旦却仍然恬不知耻地说大话："我不明白你说什么。你赶快把我们放了，要不，有你们好看。"

晓星这时也跑了过去，他气坏了，跺着脚说："死坏蛋，颠倒黑白，跟你们的主子一样坏！再胡说八道，就让你们饿死在坑里。"

"饿死就饿死，我们黑森人死都不怕，还怕肚子饿吗！"

晓星说："好，就看你可以撑到什么时候！"

晓星找来一根竹子，把已热好的香喷喷的盒饭绑上，又把竹子伸到陷阱上面引诱几个黑森兵："看，多香啊！不过，这饭只会给好人、诚实人、善良人吃。说谎的、颠倒黑白的、

捍卫国土的公主

狼心狗肺的,哼,一粒米饭一片肉也不让吃!"

那戴笨旦伸手去抓那盒饭,眼看快要够着了,晓星手急眼快把竹竿往上一提,气得戴笨旦吹胡子瞪眼睛的。

晓星把那根竹竿绑在树干上,让盒饭在离黑森兵头顶半米高的地方晃呀晃呀的,让他们看得到吃不着,自己却又加热另一个盒饭,坐在陷阱边上大嚼起来。

邱良森对戴笨旦说:"队长,我们就说实话吧!"

戴笨旦说:"你想死吗!忘了我们发过的誓言吗?"

邱良森说:"啊,我还真的忘了,我们发什么誓了?"

"蠢货!"戴笨旦狠狠地瞪了邱良森一眼,然后望向天空,高举右手,大声说,"效忠国家,严守秘密,决不说出找到千沙岛属于乌沙努尔的证据的事。"

邱良森指着戴笨旦,大惊小怪地喊道:"哦,队长,你说了,你把秘密说出来了!这可不关我和田下一的事啊!"

戴笨旦目瞪口呆的:"我……我……"

小岚和晓星哈哈大笑。晓星说:"戴笨旦,你真是个名副其实的大笨蛋啊!"

小岚又问:"那我再问你们,卫星电话在谁手里?"

邱良森和田下一指着戴笨旦说:"他!"

戴笨旦气得哇哇大叫:"叛徒!叛徒!……"

谁老实谁有饭吃

晓星说:"大笨蛋,赶快把电话交出来。"

戴笨旦拍拍身上说:"没有,你们看,我身上什么也没有啊!"

邱良森摸摸戴笨旦身上,对小岚说:"真的没有呢!我想他一定是把电话藏到什么地方去了。"

戴笨旦大骂道:"邱良森,你找死啊!"

他想打邱良森,但被牛高马大的田下一挡住了。

晓星说:"邱良森和田下一能老实坦白,每人一个盒饭。"

邱良森和田下一拿着盒饭,狼吞虎咽地吃了起来。

戴笨旦要抢,被田下一一肘子撞过去,戴笨旦马上不敢再动。他只好装可怜,咽着口水看着两个部下:"能不能,能不能留一点给我。"

小岚见了,对晓星说:"给他一盒吧!"

晓星说:"不,谁老实坦白谁有饭吃!他一点不坦白。"

小岚说:"我们是泱泱大国,不虐待俘虏。给他吧!"

晓星嘀嘀咕咕的:"这种人给他饭吃,真是浪费粮食!"

戴笨旦吃完饭,满意地拍拍肚子。晓星对他说:"吃饱了?那快说出电话在哪里。"

那戴笨旦却挺赖皮的:"我忘记了,掉进陷阱时碰坏了脑子。"

晓星气得骂道:"你这个黑心鬼,你脑子早坏了,让你的黑心主人毒害坏了!"

捍卫国土的公主

这时,龙一和苏苏过来了,龙一说:"小岚,我们把网住的两个黑森兵带回山洞去了。我留下晓晴看着他们,莫大明也在帮忙看守。你这边怎么样?"

"那家伙不肯说出电话的下落。"小岚指指戴笨旦,又说,"先把他们带回山洞再说!"

小岚拿出手枪,对着那三个人:"我们现在替你们解开捕兽器,放你们上来。你们老实点!"

邱良森和田下一听了,马上点头。那戴笨旦翻翻眼睛,也点了点头。

苏苏从晓星手上拿过竹竿,伸进陷阱,在夹住邱良森和田下一的捕兽器上点了几下,啪啪两下,捕兽器就打开了。

邱良森和田下一活动了一下手脚,然后用手扒住陷阱边缘,用力一纵身,从坑里跳上地面。

苏苏刚要给戴笨旦解开捕兽器,小岚说:"慢着!"

她对龙一说:"这人不老实,你先把他绑好。"

"啊,这不公平!为什么他们俩不用绑,我就要绑?"戴笨旦很不服气。

晓星说:"对你这样的坏人,就得不公平!"

龙一在附近找了根细山藤,跳下坑,把戴笨旦绑了。苏苏替他解开捕兽器,龙一一把将他揪上了地面。

第17章
铁证如山

小岚等人把三名黑森兵押回山洞。这时,杜先生和其他三名"保千"人士都过来了,小岚让他们和莫大明一起,帮忙看守着那些黑森兵,自己和几个小伙伴又跑去之前黑森兵住的山洞,再仔仔细细搜了一遍,但还是没找到卫星电话。

怎么办?人救出来了,但跟万卡联系不上,没法让他派船来接他们回去。

还不知道国内情况怎样,万卡哥哥出兵了没有。

晓星说:"要不,我们给点厉害戴笨旦看看。或者用笑刑伺候,看他招不招!"

捍卫国土的公主

苏苏说:"晓星哥哥,什么是笑刑?"

晓星说:"就是咯吱咯吱咯吱他,他不招,就让他笑死、痒死!"

苏苏瞪大眼睛:"哇,晓星哥哥,这招好厉害啊!"

"尽出馊主意!"晓晴撇了撇嘴,又说,"戴笨旦一定是把电话藏在什么地方了。但是,这千沙岛那么大,我们怎么找呀!"

龙一说:"我想,按道理这电话他会随身带着的,有可能他从洞里跑出来,一路去追苏苏时,半路上丢了。不如我们循着苏苏引他们去陷阱的那条路找,看能不能找到。"

小岚点点头说:"也不排除有这可能。而且这样找,搜寻范围就小多了。"

晓星拍手说:"好,我赞成,我们有五个人,可以来一个地毯式搜索,如果电话真的掉在那条路上,就一定无所遁形!"

时间不等人,大家马上行动,一字儿排开,按照今天上午苏苏跑向陷阱的那条路,一路搜索着。

他们搜得很仔细,有些长得高一点的小草丛都用树枝拨弄过,看看会不会藏在里面。

短短一段路,他们搜了快半个小时,眼看陷阱已经到了,但仍没有卫星电话的踪影。

大家站在陷阱边上发愣。唉,又失败了,这卫星电话究竟在哪里呢!

晓星显得特别泄气,他噘着嘴,把手里拿着的一根竹子伸进陷阱里,一下一下使劲地戳着,好像跟谁生气似的。

晓晴掩着嘴,说:"晓星,别戳好不好,弄得灰尘满天的。"

话音未落,晓星的竹子戳到了什么,发出"噗"一声响,晓星生气地继续戳了几下"噗噗噗噗",小岚突然说:"晓星,停!"

晓星收住了要戳下去的竹子,扭头看了看小岚。小岚没作声,只是接过晓星的竹子,把他刚才戳的地方拨了几下,啊,泥土中,露出了一个长方的、黑色的东西。

"啊!"所有人异口同声喊了起来。

晓星激动地指着那黑东西:"卫、卫、卫……"

他"卫"了半天"卫"不出来,龙一早跳下了深坑,捡起那黑色的东西。啊,卫星电话,真的是卫星电话!卫星电话找到了!

"耶!"大家欢呼起来。

真是"踏破铁鞋无觅处,得来全不费工夫"呀!

大家伸手把龙一拉了上来,又围着龙一,争看那能救命的电话,开心极了。

晓星问道:"小岚姐姐,有了它,我们就可以让万卡哥哥来救我们了吗?"

小岚兴奋地点点头:"嗯!"

晓星开心地拉着苏苏:"苏苏,我们可以回家了!"

小岚发现正在摆弄卫星电话的龙一皱起了眉头,心里不禁打了个愣,忙问:"龙一,怎么啦?"

龙一看着小岚,脸上露出了失望的神情。

"怎么啦?"小岚又追问了一句。

龙一说:"这电话给锁住了,要密码才能用。"

大家面面相觑。搞了半天,到头来还是得撬开那戴笨旦的嘴!

"啊!"晓星咬牙切齿地骂了一句,"该死的戴笨旦!"

大家只好又返回山洞那边。见到小岚手里的卫星电话,戴笨旦愣了愣,但见到小岚等人无奈的神情,又狡猾地"嘿嘿"笑了起来。

"快说出密码!"晓星忍不住跑到戴笨旦面前,大声喊道。

戴笨旦露出一副视死如归的样子:"我效忠黑森国政府,我就不说!"

小岚一声不响地盯着他,戴笨旦心虚地躲开了。

小岚说:"你不讲是吧?好,储存的食物和水不多了,咱们回不去,吃的喝的又没了,这对谁也没好处。"

晓星说:"到时,就首先断你的粮,断你的水,饿死你,渴死你!"

戴笨旦脖子一缩,但仍然顽固地一声不响。

"你自己好好想一想。"小岚扔下一句,就和小伙伴们走出了山洞。

"气死人了!"晓星喊着,"我要杀人,杀死戴笨旦。"

苏苏惊诧地看着晓星:"晓星哥哥,你真的敢杀人?"

晓星泄气地说:"我说说而已,我连鸡也不敢杀呢!"

又陷入困局了。虽然有了卫星电话,但仍"得物无所用"。

这时，杜先生押着邱良森走了出来，见小岚等人在洞口，便说："这家伙说肚子痛，要出来解手。"

一见到小岚，邱良森便说："各位，其实我是想单独跟你们说一件很重要的事。"

小岚根据邱良森之前的言行举止，知道这人不坏，便和蔼地说："什么事，请讲！"

邱良森说："你们之前说的，我们曾挖掘出能证明千沙岛属于乌国的东西，虽然我不知道你们怎么打听到的，但是，你们说对了。一星期前，政府派遣我们一队二十多人来到千沙岛，说是执行一项重大任务。临出发前，我们还被要求每人签了一份保证书，保证不向任何人透露任务的内容，还申明如果透露了有关秘密，将会受到国法、军纪的处分。当时随我们一起来的是一个叫宝安的考古学家，他拿着一本乌国古籍，指挥我们挖完一处又一处，我们还以为是在岛上挖什么宝藏。直到早几天，把一块藏了半截在土里的大石挖了出来，我们看到大石上写着的字时，才明白是怎么回事。因为这大石是千沙岛属于乌沙努尔的证据。"

大家都聚精会神地听着他说话。

邱良森接着说："我们几个要好的士兵都暗暗高兴，

心想这下好了,事情真相大白,千沙岛归还乌国,乌国和黑森两国紧张关系从此缓和了,战争的威胁也解除了。但是没想到,又接到森泰郎总理命令,要我们把这块大石上的字砸掉,毁灭证据。"

"真是无耻!"大家虽然之前已听过这事,现在再听仍然怒不可遏。晓星气得用拳头去砸树干。

"我们明知这行为很可耻,但也没办法,只好执行命令。我们二十几个人轮流挥起铁锹和锤子,去砸那块大石头。但是,也许是天意,老天爷不想历史真相从此湮灭,不管我们二十几个壮小伙怎样砸呀、敲呀,那石头竟纹丝不动,硬得像一块钢铁,更奇的是,那大石上的字也一点没被敲掉,竟然清晰依旧。"

"啊,太好了!"原来证据没被毁掉,大家都喜出望外。

"现在那块大石呢?"小岚追问道。

邱良森笑了笑,说:"我出来的目的就是告诉你们大石的下落。大石毁不掉,那考古学家只有叫我们挖了一个四五米深的坑,暂时把大石埋了进去。那个大坑,就在这岛的东面,一棵老松树下面。"

"啊,太好了!太好了!"

大家都激动极了。还以为证据被毁，要证明千沙岛的岛权只能另想办法了，没想到"山穷水尽疑无路，柳暗花明又一村"，事情峰回路转，原来那块大石仍安好，静静地躺在泥土里。

小岚由衷地对邱良森说："谢谢你，邱良森先生！你是黑森国的良心公民，是乌沙努尔人民的好朋友。我代表乌沙努尔政府，向你致以最衷心的感谢。"

邱良森有点脸红，他真诚地说："我只是做了应做的事罢了。其实，黑森国大多数人民都是善良的，明道理的，都知道是我们国家当年给乌国人民带来了巨大的灾难，是我们国家对不起你们。而千沙岛的事，也都明白是我国政府为了利益而捏造所谓'事实'和'证据'，想占贵国领土为己有。只是，我们小市民无法为你们做点什么。今天，我很高兴能为真相作出一点贡献，希望能帮助贵国拿回属于自己的东西。虽然回去后，我面临的将会是法律的惩罚，但我不后悔，我会为自己抗辩，因为我做的是一件正确的事……"

"好兄弟，谢谢你！"龙一激动地一把抱住邱良森。

"好兄弟！"晓星也学着，跑过去搂着邱良森一只手。

捍卫国土的公主

大家都涌到邱良森面前,一个个跟他拥抱、致谢。

"邱先生,你放心,我们乌沙努尔一定会把你保护好,不会让你受到任何伤害!"小岚一脸坚定地看着邱良森,又说,"邱先生,请你带我们去埋那块大石的地方。"

"请跟我来!"

半路上,小岚突然想起一件事,她问邱良森:"邱先生,你刚才说,你们小队有二十多人到了岛上,但现在见到的只是你们五个。其他人藏在那里了?"

邱良森说:"哦,其他人都跟巡逻船回去了。只留下我们五个看守那些'保千'人士。"

"哦,原来是这样。"小岚这才放了心。要是那些兵还在岛上,那才麻烦呢!

一行十几人,浩浩荡荡去到岛的东南面,大家齐心合力挖呀挖,过程都十分小心,生怕损伤了这珍贵的古文物。经过几小时的努力,终于把那块大石挖了出来。

拨开沾在石上的泥土,又用几桶海水洗了洗,大石上的字清晰地现了出来。

所有人的心都激动得扑扑乱跳。只见大石上凿着"千沙岛,乌沙努尔的蓝色宝石",旁边还有行小字,写着

"多善县长官惠莱于一四零四年立"。

杜议员激动得扑到大石上,用手抚摸着上面的字,热泪盈眶。

小岚等开心得互相拥抱。铁证如山,这回黑森国政府再也无法再搞阴谋诡计了。

"万岁,乌沙努尔万岁,千沙岛是属于找我们的。"

欢呼声在千沙岛上回响着。

第18章
杀人灭口

好了，一切太圆满了，小岚他们来千沙岛的目的已经达到，找到了证据，救出了"保千"人士。但是，怎样跟外面联络，仍然是一个无法解决的问题。

"卫星电话的密码只有戴笨旦知道，他不说，还真是没法使用。"邱良森又说，"有一件要紧的事忘了跟你们说。巡逻舰隔三天会来补给食物和水，明天上午七点左右，巡逻舰会准时来到。到时他们会把东西送上来，如果发现人都被抓了，就很麻烦。他们一艘船起码有五六十名士兵，咱们打不过他们……"

大家都愣了。如果一直联络不到外界，那明天巡逻舰

到来时,就有大麻烦了。

小岚说:"邱先生,如果由你去劝说,估计戴笨旦会不会告诉你密码。"

邱良森摇摇头说:"很难。这个人是黑森国政府的忠实支持者,政府说什么都是对的。所以,让你们离开,或者让你们把有关消息传回乌沙努尔,都是他不愿意的。"

小岚说:"有什么方法能令这家伙开口呢?"

这时候,晓星凑了过来:"小岚姐姐,我想到一个办法了。"

小岚说:"说来听听。"

晓星说:"我们班的同学小强新近买了一部小游戏机,有很多新游戏,哇,真是很好玩呢!同学都想玩,都问小强借。但小强这家伙挺吝啬的,不肯借,弄得大家都手痒痒的。上个月我们学校去露营,我和小强等几个同学睡一个帐篷。晚上小强睡得早,我和同学想拿他游戏机玩,但发现这家伙用密码锁住了,没办法打开。于是,我们趁小强睡得迷迷糊糊的,就在耳边问他游戏机密码,问了一遍又一遍,到最后,哈,他还真的讲出来了……"

晓晴有点不相信:"啊,真的假的?别是吹牛吧!"

晓星说:"什么吹牛,是真的呢!不信,你打电话问问小强。他第二天发现密码被我们'骗用'了,气得差点把我们吃了。"

邱良森说:"晓星小朋友没说谎,这事我们也干过,去哄同事说出女朋友的名字,还真行呢!不过也试过不行的。但这小朋友的话启发了我,我们这队长是个酒鬼,一喝了酒就乱说话,不如我们把他灌醉了,趁他醉醺醺时问他密码,看行不行。"

小岚高兴地说:"好!现在天黑了,你赶快回山洞,等会我就把你和戴笨旦两人关到另一个地方。晚饭时给你们送去酒,你就劝他喝酒,真到醉倒为止。"

邱良森说:"没问题,这事交给我吧!"

晓星主动请缨:"我也参加,我对这有经验!"

小岚说:"好,这事就由你们负责,等你们好消息。"

晓星高兴得朝小岚敬了个警队礼:"是,Madam!"

一切都按照计划进行,邱良森和戴笨旦被带回原先黑心兵住的山洞。晚饭时,邱良森一杯又一杯地灌戴笨旦酒,结果不一会儿,戴笨旦就脸红耳赤,胡乱说话了。邱良森走出洞口,朝晓星一挥手,晓星蹦跳着跟他进了洞。

戴笨旦躺在地上,脸红得就像煮熟了的虾,嘴里含混

不清地说着什么。晓星凑上去,哇,一阵酒气醺得他差点呕吐。晓星生气地踢了踢戴笨旦:"这死坏蛋,醉了也害人。"

完成任务要紧!晓星用手捏着鼻子凑过去,喊道:"喂,大笨蛋,你的卫星电话密码是多少?"

"……"戴笨旦嘟嘟囔囔地说了句什么。

"喂,你说什么呀?喂!"晓星又踢了他一脚,"我问你的卫星电话密码是什么?"

"我问你……的……卫星电话……密码……是什么……"这回是说得清楚了,但他却是把晓星问的话重复了一遍。

晓星火冒三丈:"我是要你告诉我,卫星电话密码是什么?不是叫你鹦鹉学舌!"

"你……是鹦鹉……你学舌……"

"啊,气死我了!"晓星用手捶着胸口,"我问你电话密码多少!!!"

"呼呼呼"……真是气死人了,那家伙竟然呼呼大睡,任由晓星和邱良森怎样摇他晃他,他都睡得像死猪一样。

"天哪!"晓星崩溃了。

"小弟弟,我来试试。"邱良森凑近戴笨旦,"队长,我问你,你那卫星电话的密码是多少?密码,卫星电话密码……"

"密码……密码……哦,我不能告诉你……不能……"戴笨旦喃喃地说。

晓星和邱良森交换了一下失望的眼神。唉,又失败了。

两个人努力了一夜,已经筋疲力尽了,但那戴笨旦仍然没说出密码。小岚派来问消息的人来了一次又一次,也都失望而回。

眼看快到清晨了,晓星再没有耐性了,他冲着戴笨旦的耳朵,大声说:"密码!大笨蛋你这个坏蛋,你这头蠢骡,这只死老鼠,这只臭苍蝇……"

正感到泄气时,突然听到戴笨旦说:"密码……嘻嘻,这密码只有……我……知道,只有……我……记得,5203555,我记性多好,多好。5203555……"

晓星喜出望外,他一边念着"5203555,5203555……"一边冲出了山洞。

"小岚姐姐,问到了,是5203555!"

山洞外面,小岚几个人正点燃篝火围坐在一起,商量事情，万一问不到卫星电话密码怎么办。听到晓星喊声，都又惊又喜，马上站了起来，七嘴八舌地问："啊，真的问到了？"

晓星兴奋地说："是的，那家伙说了一串数字，5203555。"

龙一早已拿出卫星电话，在上面按着："5……2……0……3……5……5……5……"

叮叮咚咚几下解锁声，啊，电话亮了，亮了……

"太好了！太好了！"终于可以跟外面联络了，大家都兴奋得欢呼起来。

龙一把电话递到小岚手里："快打电话求援！"

小岚接过电话刚要拨号，电话却忽然响了起来——有人打电话来！

大家马上紧张起来。

小岚把电话递给身边的邱良森，说："邱先生，你接。"

邱良森接过电话："喂！你找队长吗？他有事走开了，我是邱良森。"

"我是宾郎大队长……"

邱良森小声对大家说："是宾郎大队长，他是好人。"

小岚朝邱良森打了个手势,让他用免提。

邱良森赶紧按了一个按钮,所有人马上听到了对方声音:"你们干吗不开电话,我都打了好多次了,都是关机!邱良森,你听着,你们赶紧想办法离开千沙岛。我刚收到消息,政府不想发现证据的事传出去,所以想杀人灭口,今天上午巡逻舰以送食物为名,实则是上岛把你们全部灭口……"

邱良森大吃一惊:"大队长,这是真的?!"

"千真万确!我收到消息就马上给你们电话了。我没法来救你们,你们只能想办法自己逃命了,千万别回国,回来会没命的。之前回来的那批参加过挖掘大石的人,已全被秘密杀害了。你们有多远逃多远……"

突然冒出了一把狂怒的声音:"岂有此理,竟然要杀我们!我戴笨旦忠心耿耿,没想到有这样的下场!"

大家一看,原来是戴笨旦。他不知什么时候醒了,从洞里跑了出来,刚好听到了大队长的话,气得咬牙切齿挥拳头,大声吼叫。

宾郎队长显然听到了戴笨旦的话,在电话那头说:"戴笨旦,认命吧,我只能帮你们到这一步了,快逃命

吧！好，收线了，让人知道我告诉你们这事，要坐牢的。你们保重，再见！"

戴笨旦抱着头蹲在地上，吼着："为什么？为什么？！"

小岚冷笑一声："你现在知道了吧，你们效忠的是一个什么样的政府了吧！"

"知道了，现在知道了！太狠毒了，为了保密，为了继续说谎，竟然想要我们的命。我以前真是瞎了眼啊！"戴笨旦拍拍胸口，说，"小姑娘，从现在起，我不跟你们作对了。那个混账黑森国政府，我也从此不再效忠了。如果有命回去的话，我一定要把他们的黑心事告诉所有人。"

小岚心想，这家伙，算你觉悟得快！

她说："好的。对于愿意跟我国友好的人，我们都欢迎。"

小岚看看手表，离巡逻舰到来的时间只有一小时了。她赶紧拨了电话给万卡，以最简洁的语言说了他们来了千沙岛，发现了证据，现在遇到危险，等等。万卡听了大吃一惊，这几天他日忙夜忙，连打个电话给小岚的时间也没有，所以他一直没发现小岚他们的真正去向，还真的以为他们在外面旅行呢！

时间紧迫,即使通知附近巡逻的船只赶去,或者派出飞机,一小时的时间都是十分紧迫,他匆匆说了一句:"小岚,放心吧,万事有我!等会儿见。"

小岚说:"有可能的话,尽量带来各国记者,我要把有关千沙岛的有力证据向全世界公布!"

小岚打完电话,一直紧张的神经才松弛下来。虽然危险还未排除,但有万卡那句话,她完全放心。

小岚对邱良森说:"麻烦你去通知杜先生他们,带上你们那三个兄弟一同来这里。"

第19章
公主领导我们打敌人

不一会儿,岛上的所有人,包括跟着小岚登岛的五个人,杜先生等六名"保千"人士,还有那五个黑森兵,大家集齐在草地上。

来的路上,邱良森把政府派人来杀他们的事告诉了田下一和另外两个黑森兵,那几个人气得跳了起来,一路上骂骂咧咧的,咒骂狠毒的黑心政府。

小岚对黑森兵说:"全世界爱好和平的人都是我们的朋友,黑森士兵们,你们愿意跟我们一起,为正义而战吗?"

"愿意!愿意!"邱良森、田下一、戴笨旦,还有另

捍卫国土的公主

外两名黑森兵,都振臂大呼。

"好!欢迎你们加入。从现在起,你们再也不是我们的敌人,而是我们的朋友了。杜先生,请把枪收起来。"

"是!"杜先生把原先指着黑森兵的手枪收起,放进了口袋里。

"谢谢!谢谢!"黑森兵都挺感动的。

小岚继续说:"好,朋友们,我先来介绍一下自己,我是乌沙努尔公国马小岚公主。"

黑森兵们"哄"地一声:"啊,公主?!"

"原来这小女孩是乌沙努尔公主,怪不得这么厉害!"

田下一说:"谢谢公主给我们机会!"

小岚微笑说:"不用谢!"

"黑森国政府准备派人来杀人灭口的事,相信你们全知道了。我已经通知乌沙努尔政府,他们会马上安排人来救援的。"小岚看看手表,说,"不过,现在离黑森国的巡逻舰到来的时间,已不足一小时了,极有可能乌国援兵无法在巡逻舰来到之前到达。所以,我们要作好准备,在救兵未到之前,先保护好自己。"

"好!"

公主领导我们打敌人

"大家听我指挥。你们赶紧去找石块,越多越好,如果巡逻舰的人强行登岛,我们就用石块当武器,把他们轰走。"

莫大明说:"我们有枪,可以击退他们。"

小岚说:"不。也许巡逻舰上的很多士兵跟邱良森他们一样,都是被逼来杀人的。我们尽量不使用武器,把他们赶跑就行了。"

那些黑森兵互相交换了一下眼神,都对小岚的做法很感动。

邱良森突然想起了一件事,说:"公主殿下,要不要先去杀了海滩上那些狗。这些狗经过特殊训练,凶猛异常,我怕等会船上的人利用它们来攻击我们。"

小岚想了想说:"狗也是一条生命,不必杀死牠们,我想办法令它们无法攻击我们便是。邱先生,晓星,你们俩留下,跟着我另有任务。晓晴苏苏,你们扎几个火把,负责给搬石的人照明。其他人马上去搜罗石头。"

大家散开之后,晓星兴奋地问:"小岚姐姐,你给我什么重要任务?比去找石块还重要?"

小岚说:"是呀!"

"小岚姐姐,你把这样重要的任务交给我,绝对是

捍卫国土的公主

最最最最英明伟大的决策！"晓星挺狗腿地拍着马屁，又说，"我是谁？哈哈，英俊潇洒聪明伶俐举世无双天上人间绝无仅有……"

邱良森张着嘴巴，看着晓星："晓星小友，原来你这么厉害！"

晓星趁机大吹牛皮："我还有更厉害的呢！我……"

小岚打断他的话："少废话，跟我来。"

晓星问："我们这是去哪里？"

小岚没吭声，邱良森拿着火把为她照路。

一会儿，小岚在一丛乱草前面停了下来，她蹲下身体，拨开杂草，露出了一小片有着黄色小果实的植物。

晓星问："小岚姐姐，你是让我们来找野果子吗？好像山洞里还有食物呢！这野果子很好吃的吗？"

晓星边说，边摘了一颗果子扔进嘴里。

小岚睁大眼睛："喂喂喂，别吃！这东西有麻醉作用呢！吃了会昏睡七八个小时。"

"呸呸呸……"晓星吓得赶紧把黄色果子吐出来。

小岚说："你们等会儿把这些黄色果实带回山洞，把它的汁压出来，跟牛肉混在一起，然后去喂海滩上的狗。狗吃完大约十分钟就会睡得死死的，你们就把它们绑了，

把它们的嘴拢住,别让它们伤到人。"

晓星一听就很开心:"哇,这太过瘾了!我终于可以报仇了。这些小坏蛋之前弄得我们登不了岛!"

邱良森也笑着点头:"公主殿下,您这办法真好。这样那些畜生就凶不起来了。"

当接近早上七点时,一切已准备妥当——邱良森和晓星已经把那些呼呼大睡的狗一只只绑好;登岛那条路的最高点已经堆满了大小石块,只要敌人一出现在海滩上,便给他们迎头痛击!

虽然只有十几个人,但大家都信心满满的。

这期间,小岚都不时眺望着水天连接处,希望从那里冒出来救援的船只,又不住抬眼望向蓝色天空,希望见到乌沙努尔的直升机到来。

不管他们士气有多高,毕竟是以寡敌众,恐怕抵挡不了多长时间。如果在救兵到来之前,让巡逻舰的黑森兵登上岛,那不管是乌国人,还是之前守岛的五个黑森兵,都会面临被杀的危险。

万卡哥哥,你快来吧!小岚十分焦虑,心里呐喊着。

"轰轰轰……"远远传来一阵船只开动的引擎声,大家都紧张地朝声音发出处望去,因为这时候来的船只,不是朋友就是敌人。

声音越来越近，戴笨旦骂了一声："该死，是巡逻舰！"

啊，真是黑森国的巡逻舰呢！

小岚说："大家沉住气，等他们上了海滩时，再扔石块。"

"是！"

只见那艘巡逻舰越驶越近，连站在甲板上的黑森兵都看到了，起码有五十多人呢！只见他们个个拿着枪，全副武装的。

一个胖子站在那些黑森兵面前，正指手画脚地说着什么。

晓星眼尖，小声说："啊，我认得那大胖子，就是来的时候朝我们射水的坏蛋呢！"

这时候，胖子已经训完话，和那些士兵一起，分别登上了悬挂在船边的十来只快艇。快艇慢慢地被放到海面上，然后"突突突"地向海滩驶来。

大家都紧张地看着，只等那些黑森兵一进入袭击范围，就动手。

五十多个黑森兵在胖子带领下登上沙滩，胖子东张西

望的,好像在找什么,又听到他转头对身边一个小头目样子的人说:"奇怪,那些守滩的狗到哪去了?"

小头目说:"哦,可能去散步了吧!"

胖子瞪了他一眼:"散你个头!"

晓星听了乐得捂着嘴笑:"嘻嘻,你们的狗在某个地方做着美梦呢!"

胖子手一挥,叫黑森兵跟在他后面,五十多个黑森兵排成直行,两人一列,沿着那条登岛的路上来了。

小岚大喊一声:"一二三,扔!"

小岚话音刚落,石块就像雨点般朝黑森兵扔过去。

"啊,救命啊!"一时间鬼哭狼嚎,那些黑森兵有些被石块击中,抱着头叫痛,有些目瞪口呆,大多数人掉头就跑。

转眼间,黑森兵全都退回海滩上了。

"谁?是谁?是谁干的?"胖子显然被石头砸中了,摸着头喊着,"妈呀,我头上起了个大包了!好痛啊!"

晓星忍不住哈哈大笑,大声朝下面喊道:"是我干的,是我们干的。哈哈。我报仇了!之前你们用水枪射我们,现在我们用石头砸你们,这叫'礼尚往来'。你们聪明的就快些滚蛋,要不石头伺候!要你们头上长包,长满包,猪肉包牛肉包叉烧包小笼包流沙包,好多好多包!"

胖子愣住了:"你们是前几天那条船上的人?你们不是淹死了吗?怎么还在!"

晓晴大声说:"你才死呢!我们好好的,还登上千沙岛呢!气死你!气死你!"

胖子恼火地说:"好,今天就让你们一锅熟!我们这就冲上去,一个也不放过!"

一直没吭声的戴笨旦吼起来:"死肥仔,你敢上来,我把你砸到变柿饼!"

胖子认出是戴笨旦,恶狠狠地说:"戴笨旦,你真是胆大包天,竟然伙同非法登岛者来打自己人。你聪明的就马上抓住那些人,将功赎罪,要不,军法严惩!"

戴笨旦说:"哼,是你们逼我的!你以为我不知道,你们是来杀人灭口的,想掩盖发现证据的事。"

胖子一愣:"啊,你们怎么知道的?那好啊,知道还不快快受死!你等着,我们冲上去后,格杀勿论,一个不留!"

他又扭头对黑森兵喊道:"冲啊,第一个冲上去的有赏!"

黑森兵们害怕头上起包,都畏畏缩缩的。一个黑森兵

问:"长官,你带头,领着我们冲吧!"

胖子说:"你找死啊!叫我带头,你不知道押后最重要吗?快冲,不然回去军法惩处!"

众士兵只好又一窝蜂地往上冲,小岚大喊一声:"一二三,扔!"

石头又再次雨点般砸向黑森兵。

"爹呀!"

"妈呀!"

"老婆呀!"

"仔啊!"

黑森兵又狼狈地退回海滩。

就这样,小岚他们击退了黑森兵一次又一次的进攻。

"气死我了!"胖子声嘶力竭地吼着,他转头对小头目说,"咱们回船上去!"

看着胖子气急败坏地带着黑森兵乘坐快艇返回巡逻舰,大家都高兴得拍起手来:"好啊,敌人逃走了!"

小岚心想,没那么容易吧!肯定有阴谋。

这时,见到在胖子的指挥下,黑森兵们开始调校船甲板上的大炮,另一些人则搬来一箱箱炮弹。邱良森喊了声:"糟了,他们想用大炮来炸我们呢!"

大家愣了,难道就这么成了炮灰?

晓星扯着小岚的手:"小岚姐姐,天下事难不倒的小岚姐姐,你快想办法,想办法制止他们吧!"

小岚皱着眉头,眼前这件事可难倒自己了,怎么办呢?

眼看巡逻舰上的那座大炮在黑森兵的操纵下,黑乌乌的炮口已经对准了小岚他们……

第20章
以公主的名义

正在危急的时刻,人们忽然看到,晨雾中,一大片渔船由多善市方向朝着千沙岛急驶而来,黑压压的,数不清是一百艘,还是一千艘,反正是以千军万马的气势,向这边驶了过来。

巡逻舰上的人也发现了,他们都停下手,愣愣地看着那些渔船。

"啊,是我们的人!是我们的人!"晓星抱着苏苏,情不自禁地跳了起来。

大家欢呼起来:"啊,我们有救了!"

渔船越来越近,听到一阵阵怒吼声传来:

"千沙岛是我们的!打倒黑森国政府!打倒侵略者……"

吼声震天撼地。

巡逻舰上的人显然害怕了,胖子一挥手,所有人都跑进了船舱,接着把船掉头想逃跑。

但他们跑不了啦,千百只渔船围了过来,把巡逻舰团团围住。

哇,痛快!

在千沙岛上的人们看得清清楚楚,大家开心得拍起掌来。

正在这时,听到头上有直升机声,大家抬头一看,啊,十几架直升机,在头上盘旋,寻找下落的地点。

戴笨旦说:"我知道哪里能降落,我给他们发讯号!"

他跑了去,很快指引着十几架飞机平安降落了。

从第一架直升机里走出了万卡国王。

"万卡哥哥!"晓星飞跑过去,搂住万卡,"万卡哥哥,刚才好险啊,真吓死我了!"

万卡摸摸晓星的头,说:"怕什么,我说过一定来救你们的。"

这时小岚也走过去了。万卡用宠爱又带点责怪的眼神看着她。小岚笑呵呵地说:"回去再骂我吧!先处理好这里的事。"

这时,其他直升机上的人也都下来了,叽里咕噜的,说着不同国家的语言,原来是万卡在极短时间内,把驻乌沙努尔公国的外国新闻社记者全带来了。

就在那块有着重大意义的大石旁边,照相机设置好了,摄影机准备好了,万卡朝小岚点点头,千沙岛上的乌沙努尔公国新闻发布会开始了。

一百多人鸦雀无声,每个人的目光都看着站在大树下的乌沙努尔公主马小岚,海风阵阵掠过,把她的头发吹得一拂一拂的。

"各位,我是马小岚。今天,我以乌沙努尔公国公主的名义,站在我国的领土——千沙岛上,向全世界宣布,千沙岛是我们的,千沙岛属于乌沙努尔人民。

"大家都清楚,千沙岛的主权问题,本来是毫无疑问的,自古以来就归乌沙努尔所有。黑森国政府一直在觊觎乌沙努尔的大好河山,多次发动战争,妄图掠夺我们的国土,给乌国人民造成极大的痛苦和灾难。这场战争最终以侵略者失败告终。黑森国政府贼心不死,他们混淆视听,

颠倒黑白是非，制造假证据，一直在千沙岛岛权归属问题上纠缠不休，在最近，竟然非法逮捕进行和平登岛活动的六名乌国人士，是可忍，孰不可忍。

"最令人气愤的是，黑森国政府竟然派人登岛，妄图毁灭证据——能证实千沙岛属于乌沙努尔的证据。现在，我们请出五名人证，黑森国特务大队的五名士兵，他们就是由黑森国政府派来毁灭证据的其中五个人。"

戴笨旦等五人走出来，各人报出身份：

"黑森国特务大队戴笨旦！"

"黑森国特务大队邱良森！"

"黑森国特务大队田下一！"

"黑森国特务大队刘连！"

"黑森国特务大队网果！"

由戴笨旦做代表发言，把他们如何被派来寻找大石，如何想把大石毁灭，又如何不成功而暂时把大石深埋地下。他气哼哼地，还捎带把黑森国政府要杀人灭口之事也说了。

各国记者都为黑森国的无耻和狠毒感到十分震惊。

小岚继续说："各位，现在向大家出示物证，黑森国政府想毁掉，但上天保佑终于保存下来的能证实千沙岛属于乌沙努尔的有力证据。"

小岚手指着大石上清晰可见的乌国古字:"大家请看,这是一四零四年,乌沙努尔的多善县长官惠莱亲笔所写,由工匠凿于大石上的字……"

记者们都一窝蜂涌了上去,纷纷拿起照相机呀摄影机呀拍摄起来。此刻,在晨光的照耀下,大石上"千沙岛,乌沙努尔的蓝色宝石"十二个大字熠熠生光,像在骄傲地向世界昭示:千沙岛是属于乌沙努尔的!

小岚继续说:"正如刚才五名黑森国军人所说的,这大石上的字已由黑森国派来的考古专家鉴定无误,实属当年古文物。所以,这碑文已充分证实千沙岛岛权归属。当然,我国会派专家前来作进一步考证,稍后会把更详细的资料向全世界公布。"

小岚最后说:"乌沙努尔是一个爱好和平的国家。多年以来,黑森国政府为着他们扩张的野心,多次对我国进行挑衅。我想在此警告黑森国政府,停止你们的挑衅行为。以乌沙努尔的强大,完全可以打败你们,如果你们胆敢挑起事端,我们是绝不会手软的,英雄的乌沙努尔人民绝不畏惧强权。

"我们不怕战争,但我们反对战争,战争让人类失

去家庭，失去亲人，失去自由。在第一次世界大战中，有三十多个国家、十五亿人口被牵扯到战争中，对人类造成了巨大的物质和精神损害。在第二次世界大战中，全球因战争死伤人数共计六千多万人。从这些数字上可以看出战争是多么残酷，在这些血腥的战争中，无辜的平民是最可怜的。他们为了逃避战火，流离失所，天真可爱的孩子们也因此失去了美好的童年。所以我们一定要制止战争，维护和平。

"我们希望生活在一个和平的世界，但和平世界是需要全人类携手共建的。我希望，在不久的将来，不再有坦克和大炮，不再有导弹，全世界的人们都会像一家人那样和睦相处、互相关心。让我们一起创建和平的世界吧！"

"哗啦啦……"掌声震天动地，所有人都为小岚这番话鼓掌。

记者们都忙坏了，有的咔嚓咔嚓拍照，有的用摄影机摄录下小岚的每一个音容笑貌和每一句铿锵话语，有的十指飞快地在电脑上写新闻稿……

这时候，海面上一阵欢呼声吸引了人们的注意力，啊，原来是乌国的两艘军舰来了，渔船上的人们欢呼起来。

只见两艘大型军舰上站满了持枪的乌国军人，个个威

捍卫国土的公主

风凛凛。岛上的人见了,也都拍起手来。

万卡拿出扬声器,向军舰发出命令:"我是乌沙努尔国王万卡,'和平'号、'正义'号巡逻舰上的官兵听令!"

两艘军舰上的乌国军人一齐回应:"时刻准备着,保家卫国!请国王下令!"

万卡手一挥,说:"马上把擅入我国千沙岛海域的黑森国巡逻舰拘留,并逮捕船上所有人员!"

"是!"威武雄壮的声音响彻千沙岛海域。

转眼间,乌国战士跳到黑森巡逻舰上,不到十几分钟,黑森兵全部被擒。

小岚向乌国士兵喊道:"士兵们,你们是好样儿的!向保卫国家的英雄致敬!"

士兵们也一齐朝小岚喊道:"谢谢公主!向公主致敬!"

站在甲板上的士兵"嚓"地立正,整整齐齐地给小岚敬了个军礼。

来的路上,他们已经知道小岚勇闯千沙岛,救回六名"保千"人士,还找到了最有说服力的岛权证据。他们对这位勇敢美丽的公主佩服得五体投地。

直升机一架架起飞,载着各国记者飞回多善市,相信全世界都会很快知道这一铁的事实——千沙岛是属于乌沙

努尔的。

让那些跳梁小丑去号哭吧，去懊恼吧，去捶胸顿足吧！千沙岛永远屹立在乌沙努尔的领土上！

万卡命令两艘军舰把黑森国巡逻舰和舰上人员先带回多善市，择日起诉他们入侵乌国领土之罪。

万卡国王和晓晴晓星、苏苏，还有龙一一一拥抱，赞扬他们勇敢机智保卫了国家领土；也和杜先生等"保千"人士一一握手，感谢他们捍卫国土的勇敢无畏。

万卡国王还和戴笨旦等五名黑森国军人一一握手，感谢他们勇敢地站出来说了真话，并承诺，一定会保护好他们以及他们的家人，他们永远是乌国人民的好朋友。

扭头不见了小岚，万卡四处张望，见到几米之外的一棵大树上树叶无风自动，茂密的树叶中露出一截水蓝色的牛仔裤。

这牛仔裤的主人一定是小岚，这家伙爬上树干什么。万卡正想着，突然听到"啪"一声响，那是树枝的断裂声，紧接着有个人从树上掉下来。万卡毫不犹豫地一个箭步上前，把掉下来的人接住。

那道冲击力令他们一齐滚落地上，幸好地上是厚厚的草地，他们才没有受伤。

捍卫国土的公主

万卡站起来，又伸手拉起小岚，一边拍她身上的草屑，一边哭笑不得地说："我的公主殿下，你爬树上干什么？"

小岚指指自己背着的包包，只见鼓鼓囊囊的，咦，还有东西在动呢！

万卡说："啊，什么东西？"

"登登登登！"小岚从包包里拿出一只小动物。

万卡一看，啊，原来是一只小松鼠。牠身上的毛是褐色的，只有一只耳朵是白色。

万卡笑着说："这小松鼠好可爱。"

这时，晓星过来了，一见小松鼠，他高兴得欢呼起来："啊，小白耳，小白耳你回来了！"

万卡笑道："怎么，你们好像是老朋友了？"

小岚说："是啊，前几天它还掩护过我们呢……"

小岚刚要把事情告诉万卡，晓星却争着说："我说，我说！"接着，他眉飞色舞地把小白耳的光荣事迹告诉了万卡。

万卡呵呵地笑着："哈，那它还是咱们的小功臣呢！"

小岚说："我们把这小功臣带回去，让它跟跳跳作伴。"

晓星兴高采烈地说："同意！同意！"

晓星欢天喜地地把小白耳拿去给苏苏他们看，万卡趁机

板着脸教训小岚:"谁叫你自作主张,跑来这么危险的地方!我一直以为你们真的去了旅行呢!"

小岚朝他做了个鬼脸,说:"嘻嘻,我们真的是在千沙岛旅行啊!你看,我们摘野果、抓小松鼠、住山洞,还玩了寻宝游戏和打坏蛋游戏,嘻嘻,比旅行还精彩呢!"

万卡轻轻敲了她脑瓜一下,满脸宠溺:"这么危险的事,在你嘴里都成了游戏!你不知道,我知道你们到了千沙岛,是多么的担心!"

小岚打着哈哈说:"别担心,你不知道我是'天下事难不倒'的马小岚吗?还有,我是个逢凶化吉的小福星呀!遇妖降妖,遇魔斩魔!"

万卡无奈地笑了:"不过,无论如何,你这次真是立了大功,找到了这么有力的证据,黑森国政府再也无法兴风作浪了。回去后,我向国会提议给你们五个人颁发英勇勋章。"

"啊,万卡哥哥,真的要颁给我们英勇勋章?!"晓星不知什么时候跑了过来,听到了万卡的话,惊喜地追问。

万卡笑着点点头。

"哇,酷毙了,那我岂不是我们学校第一个获得英勇勋章的男同学!"他又开始给自己扣高帽,"哇,我真是英勇无敌、天下无双、前无古人、后无来者、聪明得天上有地下无、帅得一塌糊涂的晓星啊！咳咳咳……"

他一口气说得太多不小心让口水呛了，咳嗽起来，惹得小岚和万卡哈哈大笑。

留下一队士兵守岛，万卡带着众人坐直升机去多善市，然后转机回去了。到家后，万卡急着回去处理事务，小岚一行人就回嫣明苑。玛娅带着众侍女在大门口迎接公主和她的朋友们。

"玛娅姐姐好，各位姐姐好！"晓星嘴巴甜甜的，又问，"笨笨和跳跳呢？我的天才小粉猪又学了什么新本领了？"

听到晓星问，女孩子们都掩着嘴笑了起来，晓星搔搔头："怎么啦？"

玛娅朝花园那边努努嘴："在里面，你去瞧瞧。"

于是一行人去了花园。

啊，好震撼的场面！

有两个小家伙用后腿直直地站立着，一本正经地用两只前爪捧着一个小玉米，在一口一口地啃着，左边那个是小松鼠跳跳，右边那个，居然是小猪笨笨！

天才小笨笨成了世界上第一只会喵喵叫的、懂得用手拿食物进食的小猪。

* * *

"后来呢？后来呢？"相信一定有小读者仍然意犹未尽，还在追问故事结果。

噢，是要交代一下。

第一件事，以龙一为组长的，由七个国家的考古专家组成的考古小组登上千沙岛。经过严密的科学考证后，证实千沙岛上那块大石的字的确是产生于六百年前。这证明了起码在六百年前千沙岛已是乌沙努尔的领土。黑森国政府在证据面前、在全世界人民的共同谴责中不得不夹着尾巴乖乖认错了；第二件事，乌沙努尔要求黑森国政府绝不能伤害戴笨旦等五名黑森士兵及其亲属，这事会交由世界人权组织监察；第三件事，在乌沙努尔政府的要求下，卖国贼宝安被逮捕并押送回乌沙努尔，他会因出卖国家利益罪被起诉，等待他的将是漫长的牢狱生涯；第四件事，小岚和晓晴、晓星，还有龙一、苏苏，均被授予一级英勇勋章，他们的事迹被写入历史；还有第五件事，小伙伴们去旅行的愿望很快如愿以偿了。

在万卡的带领下，他们到了风景如画、充满童话色彩的丹麦。

哇，海边那座是小美人鱼的雕像吗？快去跟她一起照相。

大家一齐摆个好看的姿势，咔嚓！噢耶！